おひさまジャム果風堂

髙森美由紀

深町なか／画

おひさまジャム果風堂

「死ねー」というちびっ子の罵声《ばせい》を存分に浴びながら、目の前のヒーロー「ファッキュー」にパンチを繰り出した。マスクを被《かぶ》ると、黒いゴーグル越しの視界は極めて悪く、相手の胸元ぐらいしか見えないほど狭くなるため、平衡感覚も距離感もつかめない。よって目に頼ることはできない。日々の練習の中で相手との呼吸、間合いをつかむしかない。

当たってはいけない。しかし手加減を見透かされ、ちびっ子を白けさせてもいけない。ギリギリの鼻先で寸止めする。

これはヒーローと呼吸《いき》が合っていなければできないし、ある意味ヒーローより反射神経がよくなくては務まらない。ストーリーはいつも同じ。悪の組織が地球をのっとろうとするのを、ヒーローが阻止するのだ。

四人のヒール役「キルユー」は自分の番が来るまでファッキューの隙《すき》を狙うふりをしながら律儀に待つ。ちびっ子たちが「後ろだー」「ファッキュー、後ろー」と正義と責任から必死に警告している。

赤地に銀色の稲妻をプリントしたウェットスーツに身を包んでいるファッキューは、身長百八十センチ以上のキルユーに比べて、小柄なのに強い、というところがちびっ子受けしている。額にV字の角をつけ、V字の黒いゴーグルをかけ、耳には宇宙の本拠地と交信するために四角い発信器を取り付けている。

ウレタンの胸当てや、筋肉を模した綿が詰められた肩が大きく上下する。わざと息切れしている風に見せると、子供の応援にも熱が入るのだ。

大丈夫だちびっ子、何も問題なんかない。

拓真《たくま》は胸の内で子供たちに話しかける。

オレたちは打ち合わせと練習に一時間掛けている。順番が来るまで悪者は決して手を出さないのだよ、その辺りは不意打ちをする正義の味方より絶対的にオレたちのほうに正義があるのだが、君らはなんとも都合のいいことに、そこには気づいてくれないよね。そして、地震雷火事親父が起《お》ころうとも、親が死のうと、何が起《お》こったって正義の味方は最後には勝つのだよ。

「わくわくめるへんランド」は入園料百円。アトラクションも一回百円。ローラーコースター、お化け屋敷、回転木馬、観覧車、ジェットファイター、豆汽車、コーヒーカップ、ボート池、植物園（ススキ、ヨモギ、イタドリ、セイタカアワダチソウ、ブタクサなど身近で、色とりどり……というよりは緑とりどりの雑……植物がはびこ……繁茂している）、園内のアニマルランドには、ウサギ、カメ、ヤギ、ウシがおり、カフェではヤギとウシの乳メニューがある。要するに家畜として飼育。レストラン「シエスタ」では不定期にステーキやローストがスペシャル限定メニューとして出るが、何の肉であるかは一部の人間しか知らない。

人口が三万人弱のこの町で、小さいながらも遊園地が運営できていられるのは、主体が公益財団法人ということと、客の六割が新幹線乗り入れ駅ができて振興著しい隣市、及び、その周辺町村から訪れているおかげだ。それを当て込んだのは確実で、園の駐車場が規模に対してやたら広く、いかにも調子に乗って大風呂敷を広げちゃいました感いっぱいなのがそれを証明している。

「死ねー」

「キルユー地獄に落ちろー」

「クズー、この世のクズー」

拳《こぶし》を上げてちびっ子が叫ぶ。今にもこめかみの血管がブツンと切れそうだ。こっちだって三十五度の暑さの中、三十分も動き回って切れそうだ。タオルをすっぽり被って日焼け対策をしている保護者は、疲れきった顔をうちわで扇《あお》ぎながらスマホをいじったり、家庭内の愚《ぐ》痴《ち》を言い合ったり、今夜の献立の相談をし合ったりしている。子供が飲み残したコーラは、すでに気が抜け人肌程度に温まっているだろうに、子供が思い出して催促するのを見越して捨てることもできず、しっかりと手に持ったまま。

拓真はファッキューの跳び蹴りをさも受けたようにそっくり返って後ろに跳び、仰向けに落ちた。最初の頃は背中をもろに強打して息を吸えなくなったものだが、今ではかつての先輩に教わった通りに柔道の受身を実践しているため、呼吸は楽勝、痛いことは痛いが。

ワーーー、とちびっ子が金切り声に近い悲鳴を上げて盛り上がる。

倒れたまま、ゴーグル越しに七月の雲ひとつない空を仰いで三ヶ月前のことを思い出していた。


青葉が見え始めた四月。深かった根雪も溶け、町を囲む山からの風にも温かみが増してきた。なんだかこれから何もかもうまくいくような清々《すがすが》しい季節到来って矢先、一つ下の妹、サトミが。

死んだ。

母、トシ子が死んで翌年の春、高卒と同時に町を出てからいっぺんも帰ってこなかった。

まさか次に会うのが死に顔だなんて予想できただろうか。

新幹線で南下すること一時間。仙台市外の農産物加工場に就職したはずだったのに、蓋《ふた》を開けてみたら仙台駅から徒歩二十分の国分町通りは飲食店密集地の外れにあるキャバクラで働いていた。

開店準備中にぶっ倒れた。心筋梗塞《しんきんこうそく》だった。

そのとき、霊安室には拓真とキャバクラのスタッフと、スタッフの一人に手を引かれた子供がいた。金色に染めた長めのショートヘア、まつげが長く、どっちが死人だかわからないほど白い肌をして痩せていた。眉ひとつ動かすことなくサトミの顔を凝視している姿はいっそ不気味だった。

こんな場所につれて来るか、ふつー。拓真は片眉を上げ、目を眇《すが》めて、自分の真向かいの枕元に陣取っている子供を見つめた。

——瀬戸昌《あきら》。八歳。

手を繋いだスタッフからサトミの子供だと知らされた。

ショックで、いとど少なく浅い脳の皺《しわ》が伸びた気がした。

「瀬戸昌瀬戸昌瀬戸昌セト昌セトア」

何がなんだかさっぱりわからない。妹が死んだだけでもたくさんだというのに、結婚して子供までいたとは、しかも小学生だ。

熱を持ち始める額《ひたい》を押さえた。

拓真とサトミは、小学生の頃までは何ら遠慮のない兄妹だったが、サトミが中学に上がる頃には整えられた薄い眉を寄せて、不愉快オーラを撒《ま》き散らすようになり、拓真は積極的に関わろうとはしなくなっていた。だが、トシ子は時々「その化粧は流行《はや》ってらんだが？」「ジーパン破げでらったがら繕っておいだよ」と声を掛けていたようだった。

トシ子が亡くなると、二人の距離はさらに空いた。当時、拓真は土木作業や旗振りなどのバイトをしながら、スーツアクターの演技やアクションを教えてくれるアクションクラブに通っていたことで、サトミとは生活時間がほとんど合わなくなっていたせいもある。サトミは金が必要なときには、金額のみのメールを打ってきた。拓真は台所のテーブルの上にその分をのせておいた。

そういう生活が十ヶ月ほど続いて、サトミは高校卒業と同時に就職のために出て行った。それ以降、兄妹の間のやり取りは「彼岸はじまりました」「了解」「墓参りなう」「了解」という冷やし中華始めました的季節の風物詩報告や、業務連絡のみに終始した。子はかすがいと言うけれど、子にとって親もかすがいであるらしかった。

子供がいたなんて……。そんな大事なことすら教えてもらえていなかったことに、ショックを受けていた。

結婚はしてねのよ、と女性店長が耳打ちした。

ノースリーブから伸びる二の腕が豚の脂身のように揺れ、左官がコテで丁寧に塗り固めたような白い顔に、赤い唇ばかりが目立つ五十越えの女だった。

「サトミちゃんがこの店に来たのは秋頃だったね。その子抱いで。まだシワシワで首も据わってねがったっけ。旦那の影は見えねがったね。店の二階の託児所で遊ばせでおいで、仕事が終わると抱いで帰ってでだわ。託児所っつっても店の誰かが客の切れ間とかトイレに行ぐついでに様子を見るだげなんだけどさ。小学校さ入ると鍵を持だせで学校がら直接部屋に帰らせでだっけぇ」

店長は胸元からタバコを取り出してくわえた。ここ禁煙ですよ、と教えると、あれ、いづがら病院は禁煙さなったんだやーと渋々しまった。脳の皺が伸びきっているというのに、他人を注意している自分がちぐはぐで滑稽だった。

八歳と聞いて、拓真は、回らない頭と両手の指を駆使して数え、慄然《りつぜん》とした。サトミは十七のときに妊娠したということになる。そういえば卒業間際、やたら気分が悪そうにしていたっけ。でもあれは、卒業によるセンチメンタルのせいだと思っていたのだ。

「前は農産物加工場に勤めでらったっつー話だったけど、妊娠出産して休み取ったらもう戻れなぐなってらったんだって。今でゆうマタハラ？　そういう感じだったらしいの。うぢの店はそういうごどねぇがら」

店長はかすかに手柄顔をした。ジャム作りが上手でやー、ほがの料理はからっきしだったけど、サトミちゃんのジャムはクラッカーさのっけだり、お酒と合わせるどほんとに評判いがったんだよー。なんだったっけ、なんが言ってだったねえ。そうそう、いずれはジャム――。

拓真はぼんやり聞き流していた。

農産物加工場にはほんのわずかしかいなかったようだ。

昌は、一人で霊安室の外へ出た。

拓真が追って廊下に出ると、昌はベンチに腰掛けて足をぶらぶらさせ、DSをやっていた。冷たい光と、無機質な電子音が地下の低い天井に響いていた。

弔問客はクラブ関係の人間だけという寂しい火葬の間中も、サトミの子供は、背を丸めて携帯ゲームに没頭していた。

ぴこぴこ　ドカーン　ズキューン　ずがががが。

青白いフラッシュが炸裂《さくれつ》。照らされる昌の顔をいよいよ冷酷に見せる。ゲームの効果音はこういうとき、非常にカンに障るものだと気づいた。

サトミが世話になっていたキャバクラはボックス席が四つと、カウンターが十席の店だった。接客担当の女性が五人。ホール係の男が一人。いずれも二十代後半に見えた。

「サトミちゃん、飲みすぎだったのさぁ。三日に一度は酔い潰れでお客ど帰ってぐんだがら。若いのさね。人ってどうなるがわがんねな」

あははは と店長はカウンターの中で大口を開けて笑った。タバコと酒と歯茎の臭いに、拓真は胸が悪くなった。

残念だったわねえ、ととってつけたように眉を寄せ、タバコの煙を拓真の顔面に吐いた。

残念だったわねえ……。サトミを悼《いた》んでいるというよりは次の従業員のあてに憂慮しているふうに見えた。

入り口そばの張り紙に目をやる。「スタッフ募集。時給二千円　十九時からラストまで。月二十二日出勤。勤務時間等相談可。託児所あり」

まだ長いタバコをしつこく灰皿に押し付けているバチ指の爪は口紅と同じレバー色で、斑《まだら》に剥げていた。枯葉を踏むような音を聞きながら、八年も勤めたスタッフが死んだのに、その程度かと思うと、拓真はやりきれなかった。

アパートのサトミの部屋を片付けなくてはならない。そこはキャバクラの店長が管理していて、とっとと引き払ってもらいたがっていた。そして。

拓真は踏ん張るためにため息をついた。

子供の処遇がある。

部屋はゴミで溢れ返っていた。ちゃぶ台にはスナック菓子やチョコレートの外装と、飲みかけのコーラのペットボトル、シャツ、体育の紅白帽子、タオル、雑誌……。畳はほぼ見えない。

すりガラス戸が半分開いた向こうの台所には半透明のゴミ袋が二つ。開いた口から饐《す》えた臭いがしてくる。弁当や丼もののプラスチック容器が透けて見え、袋の底にタレが溜まっていた。

服やバッグの他は、主にゴミだけで構成されている部屋だった。家電はテレビと冷蔵庫だけ。洗濯機や炊飯器、レンジがない。流し台の上に小さなホーロー鍋が一つと木ベラが一本ぶら下がり、ちんまりしたガラスの瓶が二本伏せてある。食器もまな板もなく、一丁だけの包丁は錆びていた。やかんに至っては不名誉なことにご立派なクモの巣まで張っている始末。

拓真はホーロー鍋を手に取り、木ベラで所在なげに叩いた。

コインランドリーで洗濯をし、食事は出来合いのものだったのだろう。冷凍庫内では霜が出来損ないの鍾乳洞並に張り出し、三分の一を塞《ふさ》いでいた。製氷皿すらなかった。霜を作るだけの冷凍庫に成り下がっていたわけだ。

げんなりして何度目かのため息をついた。

サトミは家事が壊滅的だった。実家の二階の部屋は床が抜けるかと危惧《きぐ》するほど物で溢れ返っていて、トシ子から始終たしなめられても片付けることはなかった。いや、その抜けそうな床さえ見えなかった。

できなかったのだと思う。料理や掃除といった段取りがものを言う作業が苦手だった。高校三年生にもなって自分の下着すらトシ子に洗ってもらっていたようだった。トシ子が死んで、サトミが家を出るまでの数ヶ月間、家事は拓真がこなしていた。

ゴミ溜めの中で昌は胡座《あぐら》をかいてテレビゲームにのめりこんでいる。

この環境が目に入らないのだろうか。状況が見えないのだろうか。

指だけが昌本体であるかのように激しく動く。銃さばきは見事で、的確にゾンビを撃つ。襲ってくるゾンビはおぞましく、撃たれれば赤と灰色の得体の知れない液体を飛び散らかして倒れる。眼球は飛び出し、皮膚は溶け、濡れた洗濯物のように顎《あご》にぶら下がっている。

それとも。置かれた状況を見ないためにのめりこんでいるのだろうか。

「怖くはないか」

子供はコントローラーのボタンを素早く押しながら、ちらりと拓真を見た。色の白さは抜けるようで、生まれてからいっぺんも外で遊んだことがないと証明しているみたいだった。

向けられた視線が、とても子供のものとは思えぬほど冷たくて、拓真は思わず背筋を伸ばしてしまった。外で遊んだことがないというより、血が通っていないようにすら感じる。

子供はゲームに視線を戻した。

携帯ゲーム機もスカイブルーのランドセルもゴミの上に打ち捨てられている。蓋がベロリとめくれていて、流れ出た教科書にマッキーで書かれた名前に目が留まった。

『二年一組　瀬戸　昌』

きれいな字ではない。線の細い癖のある字だ。

サトミの字だった。

遺体を見たときも、焼かれている間も胸中はぼんやりとしていた。幕の向こうの出来事のようだった。

なのにどういうわけか、字を見た今、幕がさっと払われた。

握り締めた拳を口元に強く押しつけた。昌の天使の羽と呼ばれる肩胛骨《けんこうこつ》が浮く背中を見据える。

おい、サトミは死んだぞ、わかっているのか。

ゾンビに放った弾が外れた。三体のゾンビが襲ってきた。画面が暗転し、骨が折れ、熟《う》れた果物を啜《すす》り食うのに似た水っぽい音だけがスピーカーから流れてくる。画面上部から「YOU　LOSE」と血の滴《したた》るロゴが降ってきて、中央で一度跳ねて固定された。

ホラー映画のような緊張感が漂う中、人をコケにする音が場違いだ。

拓真の拳が軋《きし》んだ。

昌がゆっくり振り向いた。

光の透過しない眼球で拓真を見つめた。

「あーあ、死んじゃった」


オレと来るか、それとも施設に行くかと尋ねると、施設というところはなんだと問うた。

たくさんの子供らと暮らすところだと答える。

昌は視線を落として考えているようだった。

おもむろに顔を上げて口を開いた。


児童相談所に赴き、里親になるための手続きをした。何枚もの書類にサインをする。これで八歳の身の振り方が決まるらしい。

拓真の職業や収入、家屋の調査、周辺事情の調査がなされた。通常一人では里親になるのは難しいと渋い顔をされたが、昌が職員に「拓真のところへ行く」と断言したため、子供の権利と要望を最優先に考える相談所としては認める方向で動くらしい。決定には三ヶ月の期間を要する。
サトミは給与振込みと生活費の通帳と、同銀行の昌名義の通帳を所持しており、サトミ名義の通帳には三桁しか残っていなかった。一方、昌名義の口座には毎月数万円が入金され、一度もおろされてはいなかった。入金日が給与振込み日と同じところを見ると、給与をおろして昌の口座に一定額入金していたようだった。家事はできなかったが、金銭の管理はしっかりしたやつだった。ゴミと荷物の処分費用、葬儀費用については拓真のわずかな貯金でまかなうことができた。

実家の二階にあったサトミの部屋を急遽《きゅうきょ》片付け、アパートから昌の少ない荷物を引き上げた。

里親のほうは手続きが進み、拓真は里親研修なるものに六回ほど出席した。子供の理解、子供の心身などについて学び、里親の体験談を聞き、児童福祉施設を見学した。
そうして修了証の交付を受けたのが三ヶ月前。
昨日の公休を使って、昌を仙台の施設からつれてきた。

脇腹を軽く蹴られた。

目の前にゴーグル越しでもはっきりわかる晴れ渡った空が蘇《よみがえ》ってきた。トンビが鳴きながら旋回している。

遠くの畑で鳥追いののろしが一発上がった。

「おら、いつまで寝てる」

同じ全身黒スーツのキルユーの一人、鈴木が覗き込んでいた。

起き上がると、観覧席にはちびっ子も保護者もすでにおらず、作業着を着た爺さんがちりとりとほうきを引きずり、風に転がるごみを集めているところだった。

もうヒーローの写真撮影や握手会は終わったらしい。

次のショーまで三十分の休憩。

舞台裏に引っ込み、頭を覆うマスクをむしりとる。

北国の七月の風は乾いている。スーツの中を汗が流れていく。真っ黒に塗装されたウェットスーツは後頭部までをすっぽりと覆い、観光地の記念撮影パネルのように顔だけが丸くくり貫《ぬ》かれている。そこから覗く顔を、繊維強化プラスチックのマスクでぴったりと覆う。口元には申し訳程度の通気口。慣れないうちは、酸欠になって倒れる者もいる。マスクはファッキューに比べてシンプルで、せいぜいゴーグルぐらい。角や耳当てはない。つるんとした全身黒ウェットスーツの四人のキルユーは、宇宙からやってきた悪の手下にすぎないため、大物感は皆無である。通気性も皆無だ。ブーツの中で足の指を動かしてみれば、ヌルヌルした沼ができている。窓を開け、ブーツを逆さにして汗をざっと捨てた。手袋は手術用のゴム手袋を黒く染めたものだ。その指先一本一本に汗が溜まっていた。

炎天下、黒スーツの光の吸収率には頭が下がる。体温は三十九度にまで上がる。

クーラーのないプレハブの休憩所には、キルユーの四人だけ。ファッキューの姿はない。ファッキューはここのプレハブと背中合わせになっているプレハブで休憩を取る。いつもそうだ。拓真たち悪者とだべっていては駄目なのだ、ヒーローなんだから。

拓真はタオルで頭から顔、首までをまんべんなく拭《ぬぐ》い上げ、皮を剥ぐようにスーツを脱ぐ。きれいな筋肉がついている体は、洗いざらしのTシャツに覆われた。スーツパンツの下はビキニパンツをはいている。トランクスなどのパンツは線が現れてしまうからだ。

二リットルのペットボトルのウーロン茶を一気に半分飲む。

サッカーパンツに足を通し、黒い安全靴を履く。靴の先には鉛が仕込まれてあって足を鍛える重石代わりにしていた。

戸口に向かうと、すかさず三人の悪者から「コーラ」「ファンタ」「コーヒー」のリクエストが上がる。

「オレは小便に行くんだよ」

アルミサッシ戸を引く。

「んならついでにオレの分まで出してきて」

「よっしゃ任せとけ」

外に出ると、とたんにセミの声と園内音楽と、ジェットコースターの走行音がより一層大きく迫ってきた。

眩《まぶ》しさに目を眇めながらアトラクションの間を抜けトイレへ行く。

トイレから出ると、わずかの差で先に女子トイレから小柄な女性が出た。生成り地の七分パンツにTシャツを着ているが、この暑さで背中に汗をびっしょりかいている。

「うぃーっす」

拓真が声を掛けると、女性はギョッとした顔をした。

「トイレの前で、ふつー、声掛ける？」

「なんで。ヒールとヒーローの仲じゃないの。挨拶《あいさつ》くらいするでしょ」

「挨拶のタイミングのことを言ってるんだよ」

彼女は、拓真が向かおうとしていた自販機の前に立った。

迷うことなく「午後の紅茶ダージリン」を押す。栗色の短髪で、引き締まった体型。尻や背中に無駄な肉がなく、清々しい。

紅茶を取って振り返った彼女と目が合った。

えーっとそういえばこの人の名前、何だったっけ、と思い出そうとする。——思い出せない。いつも「ヒーロー」と呼んでいるせいだ。ヒーローとヒールに名前はいらない。相手だって拓真の名前は知らないだろう。ヒールAだから。相手の年もわからない。同い年にも見えれば、学生にも見える。女の年は見当がつかない。

彼女はふいっと目を逸《そ》らし、首に掛けたタオルで汗を拭きながらボート乗り場の方へきびきびと去って行った。

ここで働き始めて三年。いつの間にか二十七歳になっていた。ということは、いつの間にか二十九になり、三十路《みそじ》越え。気づいたら四十の不惑《ふわく》で、はっとしたら白髪が目立つ五十。それも枯葉のように抜け落ち還暦突破の年金生活。我に返ったときには死んでいた、ということになろう。

三年前、拓真にスーツアクターの演技指導をしてくれた先輩は、二十六だった。

結婚することになってさ、と薄ら笑いを浮かべ、頭をかいた。微妙な顔に、拓真が話を促すような目を向けると、もうオレ終わったって思ってる、と泣きそうな顔をした。

驚いて、結婚てそんなにむごいものなんすか、と問い質《ただ》した。

オレはロマンを捨てる。夢を捨てる。飯を食ってくために転職だ、とやるせないため息をついた。

アクションクラブである程度習得していたつもりだったが、実戦でのスーツアクターの動きや心構え、子供に対するサービスや振る舞いをみっちり指導してくれたのがこの先輩だった。先輩は当時、アクターの一番の古株で、ファッキューもキルユーもどちらもこなすことができた。

「バカかてめーはっ、何べん言ったらわかるんだ。目で見ようとすっからフォームが崩れるんだ。そーやって相手の動きをろくに見えねえマスク越しに追おうとするだろう。ほら見ろ、こーなるんだよ。こうっ。ケツが突き出てアレだよ、これじゃゴリラだよ。ゴリラのヒールなんてどこが怖《こえ》ぇんだよ、全然だよ、バナナでも食っとけってことだろ。バナナで和解だよ、地球なんてのっとれる訳ねえだろ、あん？　目で追うんじゃねえよ感覚で覚えろ。常に姿勢を意識しろ、ヒールだって舞台に上がればかっこよくなくちゃいけねえんだよ」

とても厳しかった。

宙返りのときも――。

「おめ、目ぇ開けてるだろ。あーあー駄目駄目。全然駄目だわ、そのマスクつけて目で見てバク転しようとしたら腕折るから。距離感もつかめねえだろ。ボッキリだよボッキリ。今時ジェットコースターだって宙返りするんだぜ。おめえ人間だろ、宙返りぐれぇできて当たり前だろうがぁ！」

　むちゃくちゃだった。目隠しして組み手は言うまでもなく、宙返りやバク転、後方捻《ひね》りまでやらされた。スーツに慣れないうちは腕を上げるのすら窮屈でぎこちなかったが、それもひと月すると慣れてきた。

　三ヶ月経ったときには、不思議なことに見ようと努力しなくても狭く暗い視界から相手の動きがはっきりわかるようになっていた。完璧に演技をこなせたときには自分の成長を実感できてテンションが上がったし、また、子供たちの食いつきも断然違ったのだ。

　引き継ぎをした後、彼はファッキューのスーツを脱いだ。

　その先輩が再び姿を見せたのは一年後で、右腕が左腕より日に焼けていた。トラックの長距離運転をしていると告げ、二歳になるという娘の写真を見せてくれた。それで、結婚前に子供ができてしまったのだと拓真は知った。

　先輩は目尻を下げ、写真にうっとりと眺め入ってどれだけ娘が可愛いかを、拓真の休憩時間が過ぎるまで語った。写真の角は擦り切れ、表面には細い傷がたくさん走っていた。

　その横顔に、拓真は「まだ人生、終わったままですか」と尋ねていた。

　ロマンも夢も失くしたままですか。

「え？」

先輩は顔を上げて、夢から醒めたかのように瞬《まばた》きした。

拓真は先輩を見つめた。

知りたかった、純粋に。結婚したら、家族を持ったら本当に人生は終わりなのか。

「終わった？　なんだよそれ、誰がそんなこと決めたんだ」

先輩はいい気分にケチをつけられたような顔で、鼻で笑った。

「終わったなんてあるわけねーべ。これからだよ、これから」

日焼けしていないほうの薬指には、一年前にはなかったリングがはめられていた。

「そうですか」

静かに納得した。友達だったら背中の一つもど突いてやるところだ。

「オレに似てるだろ、目とか顎とか」

脂下《やにさ》がった顔で娘の顔を指した。

「いい親父じゃないですか」

反射的に背中をズバンとど突くと、先輩は「てめっ」と鞭《むち》のような蹴りを拓真の尻っぺたにヒットさせた。蹴りのキレは全然衰えていなかった。その足で今はアクセルもブレーキも踏んでいるんだな、と思った。

先輩は自分だけのロマンも夢も失くした両手に、今度は自分たちのロマンと夢をつかんだらしかった。

ショー終了時間の十六時まで純粋な子供たちによる本気の「死ね」を浴び、舞台で何度も斃《たお》され、世の中でオレほど死ねと吐きつけられている二十七歳もそういないんじゃねーかと軽く落ち込み、それでも子供を夢中にさせた充実感で満たされメインの仕事を終えた。

ステージ裏の部室のようなプレハブ小屋に戻り、マスクのゴーグルに曇り止めとしての歯磨き粉を塗り、スーツをひっくり返してファブリーズを吹き掛けハンガーに吊るした。スーツは二着あり、ファブリーズや天日干しで誤摩化《ごまか》しながら交互に着用し、一週間に一回の休園日前日に事務所からクリーニングに出してもらうのだ。最終日ともなると体が腐るんじゃないかと怖くなる。ブーツは抗菌アルコールを吹き掛けてブーツ立てに逆さまに干す。

　いくらファブリーズだのアルコール消毒だのしても、染み込んだ汗と男子臭はそう簡単になかったことにできるほどヤワではない。

拓真はブーツに鼻を突っ込んで倒れた。無謀なことを後先考えずに平気でしでかす。どうなるかぐらいわかるのに、やってみたい衝動を抑えられない。

「アルコール消毒に勝つってどうよ」

本田が呆《あき》れる。

「オレのを嗅《か》がせたら目を覚ますはずだ」

豊田が、逆さにした己のブーツを拓真の鼻先に近づけていく。

「やめろ、トドメを刺す気か」

「一人減ったらオレらの分担が増えてしまう！」

本田と鈴木に阻止される前に、豊田のブーツの履き口がぴたりと鼻を覆った。履き口から豚の鳴き声が一発放たれると、拓真は今の今までいまわの際《きわ》にいたとは思えぬほどの見事なフォームで豊田を殴った。

ショーが終わった彼らは、掃除やアトラクションのメンテナンスなどの雑用をし、後始末をして十八時には帰る。

みんなと別れ、従業員駐車場の片隅にある自転車に乗った。

町内に二店舗を展開する個人経営のスーパーに立ち寄ってかごを手に、青果コーナーから回る。夏場はつい水をがぶ飲みしてしまうので、正直食欲はなくなる。しかし体が資本なので、無理にでも食べなくてはならない。野菜もちゃんと摂《と》る。あまり好きではないが、いやむしろ嫌いだが。学生の頃なんぞ、野菜の存在理由がわからなかったくらいだ。母親が死んで以降、野菜一切なしの生活を謳歌していたらにきびは出るわ、口内炎になるわ、唇はよく切れるわ、だるいわ、インフルエンザにかかるわで、医者から「あんた野菜摂ってないっしょ。

そんな生活続けてると死ぬよ」とさらりと恐ろしい指摘をされてようやく野菜って偉大だったんだ、と気づいた。それからは嫌々ながらも食べることにした。調理においては、構えていたほど難しくはなかった。基本、レタスもトマトもキャベツも生でいい。ナガイモもダイコンもすり下ろせば出汁《だし》醤油をかけるだけでいける。鍋にすれば野菜も肉もいっぺんに摂れた。にきびも口内炎もだるさも消え、唇はふっくら艶《つや》めき、インフルエンザとも無縁になった。

拓真が高校生の頃のスーパーは、客のほとんどが女性だった。男の姿は店員ぐらいしか見当たらず、万一、男性客がいようものなら、女性はフラミンゴの中に紛れ込んだアヒルを見るような目を向けたものだ。

この辺の地域では、スーパーで買い物するのは食卓を預かる女、男は黙って工具店、というような考え方がこびりついており、子供老人は別として、スーパーをうろつく男はご近所さんから「変わった人だ」とか「気持ち悪い」「嫁っこもらえない甲斐性《かいしょう》なしの男」などと陰口を叩かれたものだ。嫁の後ろからカートを押して付き従うなど言語道断、いい笑い者になり、夫の母親は泣きの涙……まではいかなくとも、それなりに歯がゆい思いをさせられたのだ。

男の姿がないから、ますます入店しづらい。それまで普通に母親にくっついて来店していた男子は、思春期を迎えるとコンビニか居酒屋にしか行かなくなった。

それなら男は食料品をどのように手に入れていたかといえば、それはもう、母親や嫁などが用意したものをただ黙って食べていたわけである。餌付けと同じである。犬でさえも気に入らない餌にはハンガーストライキで抵抗するのに、男は黙って丼飯である。食事にケチをつけるのは様にならんというのが通念だった。

十年で時代は変わった。

近頃では、男性客がおばあちゃんに混じって漬け物を選んでいようが、ふくよかな女性に混じってダイエット食品を検討していようが、違和感なく溶け込めるようになった。もはや嫁の後ろをカートを押して付き従っても誰も笑ったりしない。

たんぱく質が多く、脂肪もカロリーも少ないささ身のパックをかごに放り込む。たんぱく質と手軽さ重視で豆腐も放り込む。卵は先日買ってあるので今日は素通り。流れるように移動して特保の黒ウーロン茶五百ミリペットボトル。ささ身のパックを覆っているラップが陥没するが、そういうことはあまり気にならない。

酒コーナーの前を通り抜け、日用品棚のところでシェービングローションとシャンプー、トイレットペーパーを取ってレジへ向かう。地球征服を狙うヒールも身だしなみも整えれば便所にだって入るのである。

レジに親子の姿を見つけて「あ」と声を漏らした。

忘れてた。うちにも昨日から一匹いるんだった。

拓真は買い物かごを見下ろして青くなった。帰ってから作ってたんじゃ、子供の腹も堪忍袋の緒《お》ももたないだろう。

急いで弁当コーナーへ向かい、昌の好きなものは何か思いを巡らせる。唐揚げ弁当か、天丼か、カツ丼か、寿司……いや、これはないな、ないない、金がない。

迷った挙げ句ミックス弁当という、唐揚げ、鮭、玉子焼きなど「町内会会合の余り物を『留守番しているお父さんとペル《犬》に持って帰ろうかしら』っぽい弁当」を取り、もうめったに買わなくなったチョコやポテトチップス、ハイチューなどをかごに投入し、お子様大好きコーラもかごに放り込みべコッと弁当をへこませたままレジへ直行した。

列に並んで自らのかごを見下ろす。アパートのゴミだらけの部屋が想起されて苦々しい気持ちになった。できれば市販の弁当だの惣菜だのの類《たぐい》はあまり食べさせたくない。けれど腹を空かしてるはずだ。小二のソダチザカリだから。手っ取り早く空腹を満たしてやりたい。

拓真の前に並んでいた中年男性のかごの中身をちらりと見る。

唐揚げ、春巻き、アジフライ、発泡酒。ほかにも出来合いのものが詰め込まれていたが、突き出た腹のせいで見えない。

自分のかごを見下ろす。そしてまた男性のかご、及び腹を見る。

あんまり良くねえよなあ……。なんとかせねばなあ……。けど、とりあえず今日はこれで間に合わせるしかない。と、昨日とまったく同じことを誰にともなく弁解していた。

駐輪場に停めた愛車の前かごに、買った物を無造作に入れ、走り出す。立ち漕ぎでぐいぐい風を切った。日が落ちると若干暑さも和らぐ。弁当が前かごでポップコーンのように弾んでいる。

誰かを家で待たせている、というのは久しぶりだ。こんなに急いで家に帰ることなんて拓真の人生の中でそうはない。小学一年のときに、オタマジャクシを飼っていたときぐらいだ。長靴にめいっぱいすくって持ち帰り、めったなことでは動じることのないトシ子に悲鳴を上げさせ、父、卓司《たくじ》に「男子たるものそうでねぐちゃいがん、でがした」と褒められ、サトミを恐怖のどん底に叩き落とした百匹近くのうごめくオタマジャクシ。孵《かえ》るのをこの目で確めたかった。だから毎日全力疾走していた。

オタマジャクシは無事カエルになった。タライから天真爛漫《てんしんらんまん》に飛び出して、居間を阿鼻《あび》叫喚《きょうかん》の坩堝《るつぼ》に陥らせて。

一度は褒めた卓司さえ、一升瓶とコップを手に、ちゃぶ台の上に避難して「世の中にゃ限度ってもんがあるんだ」と涙目で怒鳴った。百匹をかき集めるのに二時間を要し、その間、気の毒なことに数名が圧死という憂《う》き目に遭った。

おぅ懐かしい。あの騒がしさは、今はもう絶えて久しい。

通りに面した元店舗はシャッターを下ろしたまま。シャッターは錆び付き、下のほうの窪みにはカビなのか苔なのかが灰色の層を成している。

拓真が九歳のとき、卓司は駅の階段から転がり落ちて死んだ。専業主婦だったトシ子は途方に暮れていたが、近所の人や町内会長、民生委員などのアドバイスと協力で、当時、トシ子が趣味でやっていたジャム作りを本格的な稼業とすることになった。車庫を改造して中古のシンクやガスレンジを買い揃え、ジャム屋「果風堂《かふうどう》」は立ち上げられた。

ジャムには庭のモモや黒スグリなどの果実のほか、小さな菜園のトマトやカボチャなど、ほとんどなんでも材料になった。果風堂の店名はサトミが「うちを通り抜ける風はいつも果物の香りになる」と評したことから、トシ子が命名した。ジャムの評判は上々で、店に出せば端から売り切れ、すぐに来旬の予約が入るほどだった。

十年、命全開で生きてきたトシ子は、拓真が十九の夏に脳溢血《のういっけつ》で死んだ。

シャッターの前を通り過ぎて自転車を降り、店の横の玄関までのアプローチを押していく。すりガラスの引き戸から灯《あか》りが零《こぼ》れていた。

ほっとするような邪魔臭いような気持ちが入り混じった。

「ただいまー」

スニーカーを脱いで大きな声で廊下を行く。

大声で自分の帰宅を知らせるのは卓司の習性だった。そんなことをする卓司のことを、たまにうざったく感じていたのを思い出して、同じことをした自分に苦笑いを漏らした。

猫背の昌は居間の畳に胡座をかいて、顎を上向けテレビゲームをしていた。自分で接続したらしい。たいしたものだと拓真は舌を巻いた。根元から三センチほどが黒くなった、プリンみたいな頭をしてゾンビと戦っている。

この家の居間に子供がいるという、どうにも不思議な光景を拓真はしばらく眺めてから、もう一度その後頭部にただいま、と張り切って声を掛けた。

無視された。完膚《かんぷ》なきまでの無視。

子供に無視されるのは、大人に無視されるのより圧倒的な破壊力があるものだ、としみじみ感じ入る。

弁当とペットボトルの入った袋をプリンにのせてみた。

「そんなに戦わねばならないのか。大人になればゾンビより七面倒くさいもんと戦わなきゃなんないんだぞ」

弾が外れ、ゾンビが襲ってきて、画面が暗転し、骨が砕け、液体が飛び散る粘着質な音が響いた後、人をバカにする音楽が流れた。

「死んじゃった」

昌が全身でため息をついて、ポツリと呟《つぶや》いた。

昌の「死んじゃった」を耳にするのは二度目だが、胸がしんしんとするのに免疫はできない。老成したような子供は、弁当をのせたまま振り返ると、頭から袋を引き下ろし、ちゃぶ台に出した。

「中身が右に寄ってる」

「そりゃそうだ。この世には重力というものがある。目尻も乳も尻も重力の前ではおしなべて下に寄るようにできている」

「ぐちゃぐちゃだ」

「昌のはミックス弁当だ」

一つしかない弁当に昌は視線を据えた。

「どした。食え」

「拓真のは？」

昨日、おじさんではなく、名前で呼ぶように伝えたが、「さん」を付けろと教えるのを忘れていた。母親のことも「サトミ」と呼び捨てだった。店の託児所育ちは全員が母親を名前で呼んでいたそうだ。サトミは、一度も我が子に「お母さん」と呼ばれないで逝《い》ってしまってよかったのだろうか。

今となっては答えを聞くことはできない。

「オレのはいーんだ。それから、オレのことは『お母さん』でもいいぞ」

「オカーサン？　拓真はお母さんじゃない」

「『お父さん』でもいいぞ」

「オトーサン？　拓真はお父さんじゃない」

「お父さんという名前だと思ってもいいぞ」

昌は黙った。何か考えているようだが、小二の考えることなど拓真には思いつかなかった。

「それだったら『拓真』でいいじゃないか」

正論だった。やはり小二の考えることは拓真には思いつけない。

「——それもそうだ」

考えてみれば彼女なし二十七歳が、「お父さん」とはあんまりだ。もし彼女ができて八歳児に「お父さん」と声高に呼ばれたら彼女はケツをまくって逃げるだろう。——彼女がほしいわけではないが、万一のことを考えて、やはり「拓真」でいいような気がした。危機管理は常に大事だ。

「オレの心配してくれるのか。ガキのくせに抜け目がないな。オレは野菜と肉と豆腐が晩飯だ」

朝と晩に市販の総菜をできるだけ控えるようになってから三年経つ。スーツアクターをしている以上、だらしのない体でいるわけにはいかない。たとえヒールでも。いずれはヒーローになるのだから。

昌は弁当の蓋のへこみを注視している。

拓真はそんな昌には構わず台所に入ろうとして敷居に左足を引っ掛け蹴躓《けつまず》いた。家の中で転びそうになったことなど一度もなかったので驚き、結構な敗北感を味わう。昌が来たことで、動揺しているんだろうか、それとも。

昌が無表情でこっちを見ているので、顎をしゃくれさせ、白目を剥いてからかってやった。何事も見なかったごとく目を逸らされた。

敗北感の上に屈辱感が上塗りされる。

ささ身をラップに包んでレンジで加熱した。その間にレタスの葉を剥がしてトマトと一緒に洗い、器に盛った。

居間で割り箸を割る音が聞こえた。

蒸し上がったささ身を裂いてサラダに散らし、シーザードレッシングをかけた。豆腐は半分に切ってごまドレッシングに味噌を混ぜたものをかけた。両手に持って玉のれんをくぐって居間へ入る。

「あ、失敗。弁当、レンジであっためればよかったな」

冷たい弁当をがっつく小さな親戚を見つめる。

「いらない」

にべもない。昌がチーズハンバーグにかぶりつく。とろけるチーズを謳《うた》い文句にしていたが、とろけるどころかかなりきっちり切断でき、ハンバーグの上からかつらのように剥がれ落ちた。

「それに僕、弁当は冷たいほうが好きだし」

「そうかっ」

拓真は顔を輝かせて身を乗り出した。

「オレもだ。弁当は冷たいと味が決まるよな。米粒も詰まってて水分が適度に抜けて味が濃くなる。オレとお前、似てるじゃないか」

昌は意に介さず、口をもぐもぐさせながら、ひたすら拓真の夕飯に視線を当てている。

「食うか」

差し出してみると、昌は上目遣いで拓真を窺《うかが》った。

「いいぞ。オレは大人だから分け与えよう」

拓真の恩着せがましさに気づいているのかいないのか、昌は礼も言わず箸を伸ばした。箸の持ち方が奇妙だった。

「お前、何その持ち方。よくそれでつまめるな」

拓真は昌の持ち方を真似て箸と箸の間に小指を差し込んだ。人差し指と中指が完全に遊んでいる。親指と薬指でぎゅっと握るから動きがぎこちない。

「いだだだっ。攣《つ》った、指攣った！」

右手を掲げ拓真は悶絶した。昌は無表情のまま白けた目で一瞥《いちべつ》しただけで、淡々と弁当を食べ続けている。コロッケ、ゆで卵、エビフライ。だが、インゲンとサトイモの煮っ転がしには手をつけない。

サトミはまっとうな持ち方をしていたが、子供に指導することはなかったらしい。いや、あの部屋の現状を見れば、一緒に飯を食ったことさえなかったのかもしれない。

「これで、物をつまめるって、ひょっとして器用なんじゃないか？　オレには無理だ」

強《こわ》ばる右手をさする。褒めたのに、拓真の予想に反して昌は眉間を寄せた。子供のくせに難しい顔してんじゃねえよ、と拓真がその眉を突こうとしたら、頭を反らされ手で振り払われた上に駄目押しで睨《にら》みつけられた。

拓真は、箸先から三分の二辺りを持った右手を突き出した。親指と人差し指で上の箸をつまみ、その付け根部分と薬指で下の箸を固定、中指は上下の箸の間に置いた正しい持ち方で箸先を上下させた。「中指で押し上げて、人差し指で下ろすと、上の箸だけが動く」

それから白目を剥いて鼻の穴を広げ顎をしゃくれさせる変顔《へんがお》をした。

徹底的に無視された。

娘に嫌われる父親の気持ちが痛いほどよくわかった。

「大人になったらゾンビより面倒くさいもんと戦わなくちゃならなくなるんだ?」

昌がコーラの蓋をひねった。パキパキという音は、ケンカの前に指を鳴らす音を想起させ、拓真は変顔を取り下げざるを得ない。

「そうだ。豆腐も食ってみるか?」

昌はコーラを口から離すと、ゲップを放って首を振った。

「今よりもっと我慢しなきゃならないなんて、大人ってジゴクだ」

昌は投げやりとも思える表情だった。

わくわくめるへんランドに来る子供と偉《えら》い違いだ。彼らの顔は輝いているし、泣き叫んでいるし、疲労困憊《こんぱい》しているし、充実しているし、そして生き生きしている。

コーラを飲んでいる昌を見やった。飲み屋の二階で育てられ、父親を知らず、ゴミ溜めの中で出来合いの弁当だのパンだのあてがわれ、挙げ句、母親には死なれ、さらに今より先もっと悪いことが起こると見積もっている。

「嘘に決まってんだろ。大人になったら子供のときほどしんどいことはなくなるんだ」

昌の目がわずかに開かれた。

「大人になれば背が伸びる。子供のときより高い位置から世の中が見えるようになるからガキの頃にでっけーと思っていたもんも、小さく見えるようになるんだ」

拓真は立ち上がると、自分を目で追っている昌の背後に回った。しゃがんでその両脇に手を差し入れた。

虚を衝《つ》かれて声も出せないでいるうちに持ち上げ、肩に座らせた。

ゴズっと昌の頭が天井を突く音がして「いでっ」と悲鳴を上げさせてしまったが、拓真は頓着しなかった。

「ほらな。小さいだろ。見ろ。お前のランドセルも宿題も小さいだろ。お前が毎日戦っているゾンビだって小さいだろ」

居間を歩き回る。昌は拓真の頭に手を置いた。

「お前まだ八歳だろ。人間やって八年だろ。絶望なんかする必要はない諦めんなよ」

昌の尻の温かさが、両肩を温める。予想よりずっと軽かった。出来合いの惣菜やスナック菓子だけでは大きくなれないということか。

「売ってる弁当って旨《うま》いんだけどな、オレは食べないようにしたんだ。ずっと前まで昌とおんなじようなのばっかり食ってたら、体がおかしくなったからな」

昌のつま先が跳ねた。足首は拓真の手が楽に一回りできるほど細い。

僕は、と昌は長い息を吐いた。

「僕は売ってるのと給食しか知らない」

胸に、刺さった。

「お前、体の調子は悪くないのか」

「悪くない」

安心はできなかった。

「サトミは知らなくていいことが世の中にはあるって言った。僕が知らない夕飯が世の中にあるのか」

「……ある」

「拓真」

「なんだ」

「頭が臭い」

「そりゃそうだ。肉体労働だからな」

一日で体重が五キロ減ることもざらにある。

「ニクタイロウドウ……。サトミは酒臭かった」

……。

「僕に抱きついて『は〜』って息を吐いて、僕が嫌な顔をすると大笑いした。酔っ払うといつも僕に引っ付いて、暑苦しくて面倒くさかった……」

語尾が消え入った。

「明日から惣菜じゃないものにするか。時間はかかるし、売り物よりマズ……オレ好みの仕様になろうが、うんざりすることはないだろう」

昌のつま先が交互に跳ねた。

「……さて、飯食ったら風呂に入れ」

拓真は昌の脇の下に手を差し込んで持ち上げ、下した。手のひらに華奢《きゃしゃ》で未熟なあばら骨を感じた。

「一人で入れるか」

昌は口を真一文字に結んで、まなじりを吊り上げた。

「そうか、えらいな」

褒めると、昌はびっくりしたような顔で拓真を見上げた。

「オレは親父と九歳まで入ってた。サトミだって親父……お前のじいちゃんと入ってたし、じいちゃんが死んでからはばあちゃんと中学生になるまで入ってたんだぞ。何しろ、オレもサトミも頭を洗うとき後ろから化け物に覗き込まれているような気がして仕方なかったからな」

これから風呂に入ろうとする昌が顔をしかめた。

昌は自分の部屋――かつてのサトミの部屋――から着替えを取ってきて浴室へ消えた。その足音が、在りし日のサトミとそっくりで、家にいるにもかかわらず、強烈なホームシックにのしかかられた。

過去、この家には父と、母と、妹がいて、飯を食ったり、言い争いをしたり、笑ったり、苦悩したりしてやかましかった。邪魔くさくて面倒くさかった。

まさか、自分一人きりになろうとは、予想だにしなかった。

しがらみがないというのは、空中に放り出されるようなゾクリとくる解放感と圧倒的な心《こころ》許《もと》なさに飲まれるものらしい。

ふたをしていたはずの気持ちがふいにこみ上げてきたことに戸惑い、紛らわせるためにテレビをつけた。膝《ひざ》や背中、肩のストレッチをする。番組の中で戦争と殺人と事故のニュースをキャスターがこちらに向かって、瞬き一つせずにまくし立てていた。ネズミを捕ってきた猫に似ている。辟易《へきえき》して消した。

外廊下を隔てた庭は雑草が蔓延《はびこ》っている。狭い菜園で黒スグリやモモ、リンゴ、カキなどの木が埋もれている。トシ子がジャム販売を本格化させるにあたって追加した苗木もあった。虫や鳥の楽園でもある。

手入れもしないのに毎年律儀に実をつけ、摘み取られぬままボタボタ落ち、腐り、それを栄養として母体の木はさらに勢いを増す。

日課の腹筋を始めたとき、畳を踏む素足の音を聞いた。振り返ると、パジャマ姿の昌が立っていた。

「え、嘘。お前、もう上がったのか」

目を逸らした昌が仏頂面《ぶっちょうづら》で顎をちょっと引いた。

「五分も経ってねーぞ。ちゃんと洗ったのか」

「うん」

「足の指の間もか」

「うん」

「耳の後ろもか」

「うん」

「嘘つけ」

昌の口が尖《とが》った。

「だって、お化けが出るんだろ」

拓真の下顎が落ちた。

「いったい何の話だ。この家がいくら古くてぼろいからってなあ」

「さっき、そう言った」

昌は首をすくめ、背後の廊下を気にした。拓真は自分の顔がだらしなく崩れていかぬよう気を張った。

「ばあか、いねーよこの家には」

「それに知らない人の写真が飾られてる」

襖《ふすま》へ警戒の眼差《まなざ》しを向ける。襖の向こうは仏壇がある和室だ。かつて、両親の部屋だったそこには卓司とトシ子の写真、そしてサトミの写真が鴨居《かもい》に掲げている。

拓真は立ち上がって襖を開け放った。

和室に踏み込んで電気の紐を引っ張る。カチカチっと小さな音がした後、白々と照らし出された写真を一つ一つ指して説明していく。

「これはお前のじいさんだ。こっちがばあさん。サトミの父さんと母さんだ。つまりお前と血が繋がってる。怖いことなんかあるか」

説明しても昌はなかなか警戒心を解かない。

「昌はサトミが好きか」

昌が視線を拓真に転じた。拓真がどういうつもりでそんな質問をしたのか読もうとしている。

時計の秒針が時を刻んでいく。

庭から虫の鳴き声が聞こえてくる。

昌は視線を落とし、足の親指をもじもじと動かし始めた。

「オレはサトミが好きだぞ」

もじもじが止まった。昌が顔を上げる。その目に丸管の蛍光灯がはっきり映っている。まるで、夜の湖に映る月のようだった。

「だからサトミをこさえたじいさんもばあさんも好きだ。悪い連中じゃない」

昌は首をすくめたまま鴨居で寄り添いあう写真に、探る視線を向けた。

「本当に悪さはしない？」

「するかよ。いいやつらだ。お前を守ってくれる。孫がいたなんて知って」拓真は明るい顔をして芝居がかって両手を広げた。

「喜んでるさ」

昌はだが、拓真を見向きもせず、写真にちらちらと視線をやるばかりだ。拓真は白けて腕を下げた。

「僕は普通だ」

「ふつう？」

虫が鳴くのをやめた。

「サトミのことはキライじゃない」

昌が写真から顔を背け、唇に力を込めた。

南部鉄器の風鈴が鳴った。拓真がバス遠足の土産として買ってきた物だ。トシ子がぶら下げ、死んだ後は、冬でも取り外されることなく年中、チンチンチンチン鳴っている。

畳の目を縫って、湿気が陽炎《かげろう》のように立ち昇ってくる。

仏壇の中のスナップ写真を、昌は目で掃いた。その流れで拓真の顔にひたりと目を留める。

「スキでもない」

拓真が風呂から上がると、昌はゲームをしていた。こちらに丸めた背を向けてゾンビを無心に撃っている。

撃って撃って撃ちまくっている。

拓真は被ったタオルの端で、頭をわしわしかくように拭きながら、その背中を見つめた。

静かにひと呼吸すると、忍び足で近づき両手で背中を突いた。

「わっ！」

「わあっ！」

昌は誇張ではなく胡座のまま、ゆうに三十センチは飛び上がった。コントローラーを放り出し部屋の隅に跳び退《すさ》る。

「な、何するんだ」

「お前すげえな。今こんくらいは」両手で三十センチの高さを作ってみせる。「飛んだぞ。もっと驚けば天井を脳天で突けたかもしんないな。『超常現象マル秘ファイル』っつー本で見たことあるよ。空中浮遊するインドのじじい！　アレみてーだな、すっげー。もう一回やってみろ」

やれるか！　と昌が食ってかかった。

拓真はますます顔を輝かせる。昌の感情が動いたのがわかったからだ。

「ゾンビは怖くねえのに、お化けは怖いってか」

昌は目を剥いた。

「ゾンビはゲームだ。お化けは本物なんだ」

「『ゾンビはゲームだ。お化けは本物なんだ』？　え、何それ」

「ゾンビは嘘っこだ。だって死んだら焼いちゃうだろ。だからゾンビみたいに墓場から死体が蘇るのはあり得ないんだ。でもお化けは空気と同じだ。焼いたら煙が出るじゃないか、あれがお化けの素《もと》なんだ。だから本当にいるんだ」

「見たことあるのか」

「ない」

「ないのに本当だと思うのか」

「そうだ。僕が怖いと思うからお化けはいるんだ」

目から鱗《うろこ》だ。

「いいじゃないの、それ」

拓真は奥歯の辺りをさすった。「そうか、てめえが怖いか怖くないかが基準なんだな。オレも小学生の頃は昌と同じくシンプルだった。オレが怖いと思ってるのはまず間違いなく本物で、『存在するもの』で、他人が怖がっているものでも、オレが何とも思ってなきゃ『嘘っこで、存在しない』ものだった」

拓真はちゃぶ台を挟んで昌の向かいに座ると、片膝を立てた。

「運動会を異常に怖がる女子がいた。鈍い女子でな、いつもぶっちぎりのビリだ。ビリだろうがなんだろうが、百メートルを走るだけじゃねえか。走ればそれで済むはずだ。それの何が怖いんだ？　なのにその女子は来年の運動会のことまで悩んで年中浮かない顔をしていた。運動会に取り憑《つ》かれてたんだな」

昌は不承知な顔をした。

「それは少し違う」

「何が違う。そういうことだろう。怖いと思ってるやつにとっちゃ、本物の化け物になるんだな」

「怖いものは怖いんだ。しょうがないだろう」

「しょうがないさ。オレにだって怖いものはあるからな」

油断なく身構えていた昌が興味を持ったらしい、少し体を起こした。

「給料日前とかな。ファッキューや仲間に蹴りをヒットさせてしまいやしないかとかな」

「ファッキュー？」

「しかし、その運動音痴女子がお化けから逃れる方法がなかったわけじゃない」

「休めばいいのに」

「いいや、それだと毎年毎年逃げ続けなければならない。逃げれば逃げるほど化け物ってのはつきまとう」

「だったら練習して速く走れるようになればいい」

「まあそれも一つの手だが、人間そんなに急激に発達しないもんだ。一番いいのはな」

拓真はここぞとちゃぶ台に身を乗りだし、昌に向かって人差し指を立てた。

「開き直ることだ」

昌は半眼になった。ここまで生え抜きのバカ、今生《こんじょう》で見たことはない、またこれ以降お会いすることもないだろうというような目を拓真に向けている。

「開き直る?」

「そうだ」

今こそオレは阿呆《あほ》だと開き直るのだ。

「同じカテゴリーに受け入れるというのもある。認めるということだ。『あたしは走るのがビリっけつよ』ってな。『それが何か?』ってな」

「それで何が変わるんだよ」

「変わるさ」

拓真は立ち上がり、再び舞台役者のようにバンザイした。電気の笠に手がぶつかって、ゆさゆさ揺れ、二人の影が化け物のように伸び縮みしながら、部屋の中を滑り踊り回った。

昌は影には気持ちを乱されることなく、ただひたすら拓真の大げさな手振りを鬱陶しそうに見ている。

「あたしは走るのが遅いとわかってて走ればいい。オレはキルユーだと認めて戦えばいい」

「さっきから言ってるファッキューだのキルユーだのってのは何だ」

拓真はバンザイをしたまま遠い目をした。

動かなくなったおもちゃを、昌は実につまらなそうに眺めた。拓真の腕がぼたりと下ろされる。

「さあもうガキは寝ろ」

時計の針は八時を回ったばかりだった。昌は首を振った。

「こんなに早くは寝られない」

「がんばれば寝られる」

「なんだって?」

「全力を出せば、八時だろうが正午だろうが寝られると言ったんだ」

「そりゃ昼寝って言うんだよ。まったくなんだよそれ」

昌はやるかたなし、と首を振って部屋へ引っ込んだ。

今、昌の部屋にはサトミのものはない。アパートの片付けに着手する前に、昌に必要なものは寄せておけと指示したら、自分のものだけを居間の隅に寄せ集めた。衣装ケース一つ分の着替えとランドセルとゲーム機。「サトミの形見は？」と聞くと、首をかしげた。形見というのがわからなかったらしい。

「サトミのもので取っておきたいものはないか？」

昌は寝室へ行ってごそごそやりだした。その間、拓真は台所を片付けた。流しの下から石のように固まった砂糖が何袋も出てきた。砂糖は賞味期限がないから使えるだろうが、確実に排水管の臭いはついているだろう。捨てるしかない。

しばらくの間、寝室から物音が続いていた。いったいあいつは何を探しているのだ。

ふと我に返って顔を上げると、時計の短針は一数字分進んでいた。

寝室を覗くと、ゲームをしていた背中とはまた違った後姿があった。

敷きっ放しの布団や脱ぎ捨てられた服が埋め尽くす部屋の真ん中で、アヒル座りの昌がバッグを逆さに振っていた。

「……何を探している？」

昌は顔を上げ振り返った。呆然《ぼうぜん》としていた。

「財布か？　写真か？」

この家にはアルバムがない。写真立てもない。サトミは自分の子供の写真を撮らなかったのだろうか。

「携帯」

「ああ、それなら店のロッカーにあったから持ってきた」

引き払う際、ロッカーにあった茶色のバッグに化粧品やティッシュ、ハンドクリームなどと一緒に携帯も放り込んだ。

玄関の上がり口に置いてきたバッグは使い込まれて角がすれ、なかなかに味が出ていた。ブランド物ではなく、店先に吊るされて一つ千円、二つで千五百円で売られていそうなよくある量産品だった。

拓真は玄関に向かった。足音が追い掛けてきて拓真を追い抜くと、昌はバッグに飛びついた。その場に座り込み、飢えたように中を探って携帯を取り出すとフラップを開けて確認した。そのまま動かないので、拓真は「他はいらないのか」と背中に聞いた。昌は携帯から目を離さないまま頷《うなず》いた。

「昌、その携帯にかけたことはあったのか」

昌は顎を引いた。

「どうやってかけた。公衆電話なんてめったにないだろう」

「がっこー」

「……ああ……。忘れモンでもしたのか」

そういえばオレは尿検査の尿を忘れて、家に電話したことがあったっけ。その日、たまたま休みだった親父が持ってきてくれたんだった。

卓司は学校の玄関に飛び込んでくるなり、事務員に「三年二組の瀬戸拓真の親父です。息子の小便持って参りました」と鬼のように恥ずかしいことを憚《はばか》ることなく絶叫し、真っ赤になって殴りかかった拓真に、卓司は、忘れ物を届けてもらった嬉しさが高じてじゃれている、と幸せな勘違いに裏打ちされた笑顔を向けた。

「お前、小便取るの忘れでだべ。だども安心せ」と耳打ちした。

「大丈夫だ。何にも問題ね」

訳知り顔で拓真の肩を頼もしげに叩き、「それでは私はこれで。不肖の息子ですが、ひとつ今後ともよろしくお願いいたします」と小便配達のついでに息子をよろしく頼んで、拓真を恥のどん底に突き落として帰って行った。

ポリ袋に入れられた醤油入れにそっくりのボトルには、口元までこれでもかというほど尿が詰められており、拓真に眩暈《めまい》を引き起こさせ、よろめいた拓真は傍《かたわ》らにある非常ベルを押してしまった。

非常ベルがギャンギャン鳴っている。

枕元を手探りし、目覚まし時計を平手打ちで止めた。

五時。

欠伸《あくび》をして顔をこすった。

くそう。嫌な記憶を蘇らせてしまった。

提出してひと月もしたとき、拓真は保健室へ呼び出された。

尿酸値が高く、高たんぱくだという。前日に酒でも飲んだかと問い質される始末だった。

今の小学校は尿検査が廃止されたらしい。

朦朧《もうろう》としたまま襟から手を入れて胸をガリガリとかく。あーあ、今日も仕事かあと軽く嘆きながら、でも行けば行ったで面白いんだけどねと考え直すのも日課の一つ。ショーは愉《たの》しいんだけど、雑用と拘束・管理されるのが邪魔くさいのよね。

ナイロンのウェアに着替えて階段を下り、洗面所へ向かいながら廊下が砂埃《すなぼこり》でジャリジャリするなあとうっすら不愉快になり、石けん滓《かす》や水垢《みずあか》でおよそ鏡の役割を果たせていない鏡に向かって歯を磨き、顔を洗って芸術的な寝癖だと己を褒める。こういうトサカのようでいてモヒカンテイストを残しつつ、スーパーサイヤ人が入った髪型はオレじゃなきゃ作れないだろ。しかも寝ていてこの出来だ。オレは寝癖職人だな、と自画自賛する。毎朝。

台所の玉のれんを潜って冷蔵庫を開け、黒ウーロン茶を取り出し、コップに注いで仏壇に供えた。

拓真一人になってから、仏器に飯が盛られたことはない。朝に飯を炊くのは面倒だから、いつもウーロン茶か水を供えて、ろうそくを灯し、線香を立てて手を合わせるだけだ。お題目があるらしいが、覚えていないのでとりあえずリンを鳴らして形だけ手を合わせてみる。白飯は食いたいが、炊くのが面倒くさいし、何でも世の中は「糖質は体に悪い」とかいうのがはしかのように流行っているようなので、それを後ろ盾に自分を納得させ、炊いていない。

玄関のタイルの上に小さなスニーカーが散らばっているのを見て、一瞬、キョトンとした。

額に手のひらを打ち付けた。

「ああ！　忘れてた。子供がいるんだった」

階段を見上げるが、物音がしない。まだ寝ているのだ五時だもの。

外に出て入念にストレッチをしてから走り出す。

静謐《せいひつ》な靄《もや》に朝日が差し、世の中を白く彩っている。

忘れモンでもしたのか、と聞いたあのとき、携帯を確認していた昌は首を振った。

長い沈黙の後、サトミがもしもしって言うんだ、とそっと耳に当てた。

新聞配達の自転車とすれ違う。ウォーキングしている老夫婦や犬の散歩をしている人と挨拶をしながら一時間ほど走って帰ってくると、玄関前でストレッチをして重い靴を脱ぎ、台所を突っ切って厨房《ちゅうぼう》へ入る。

使われなくなった厨房はよそよそしい。

明かりをつけて、掃除をする。固く絞った雑巾で棚や大型冷蔵庫、食器棚のガラス、隅は割り箸に雑巾を巻きつけて埃をかき出す。毎日やっていても、人がいなくても、埃は溜まる。白く積もる埃は、ここに確かにいた者の気配も記憶も、白くぼんやりと霞ませてしまう。流しの下の五リットルのホーロー鍋をどかし、肩まで差し入れて棚の隅々まで拭き上げた。

果風堂が軌道に乗り始めると、果物を分けてくれる農家の人や、観光協会の人が、ジャムを道の駅や物産館で売らないかと、よく話を持ち掛けてきたものだが、トシ子は、手が回らなくなるからと遠慮し、店先だけで売った。大型機器の導入を勧めてくる業者もいたが、必要ないと断り、開店当時に唯一新品で買った業務用のホーロー鍋と木ベラだけで作っていた。

辛《つら》そうには見えなかった。

「好ぎだごどしてお金ばいただげで、そいで生活していげるんだすけ、あだしゃ幸せモンだよ、お父さんさ感謝しなきゃ」というのが口癖だった。

クリームイエローのその鍋は薄雲越しのおひさまを思わせた。雨でも曇りでも、必ずその向こうにはあるおひさま。

それはトシ子でもあった。

トシ子の白い前掛けの下は卓司の青いジャージだった。裾や袖口を切って詰め、長さを調節していたが、身頃はパツンパツンで時々ドラえもんに見えた。ジャムのシミのついたドラえもん。

トシ子はジャムに関してはドラえもんだったのかもしれない。なんのジャムだって出してきたのだから。

卓司がいなくなってから初めての運動会。サトミは三年生になっていた。トシ子の前掛けを両手で握って左右に振りながら「絶対来てよ。待ってるからね」としつこく念押ししていたのを拓真は覚えている。トシ子は「遅れるがもしれないけど必ず行ぐね。先に弁当ば持って行って」と弁当を手渡したが、来ることはなかった。

昼食は校庭の隅に隠れるようにして、拓真とサトミ、二人だけで摂った。会話は弾まなかった。拓真は単に話すことがこれといってなかっただけだったが、サトミは明らかに気が塞いでいるせいだったようだ。

リレーでも徒競走でも、大活躍して帰ってきた拓真が、テレビの前で変身ポーズの練習に精を出していたときだ——特撮ヒーロー番組の翌日は、変身ポーズを友達と競っていたのだ

――。

腰のひねり方や、手の角度に血道を上げている拓真とは別に、サトミは来なかったトシ子を責め立てていた。トシ子は謝りながらジャムを煮続けた。客の注文をないがしろにするわけにはいかない。子を食わせていかねばならない。趣味であれば「ありません」で通ったが、商売となればそれでは済まされない。材料はある、体は動く、自分がいる。ならば作るのが当然だ。

ガシャーン。

この世のすべてをぶち壊す音に、拓真は変身ポーズを決めたまま振り返った。

甘酸っぱい匂いが鮮烈になる。

「ジャムなんて大っ嫌い、こんなものー!」

自分が二の次にされたと思ったのだろう、癇癪《かんしゃく》を起こしたサトミがジャムの入った瓶を次々コンクリートの床に叩きつけていく。床は見る間に赤や黄、緑、紫などの花が咲いた。

その一瓶は前日に果肉を潰し砂糖を振り掛けて仕込み、翌日、煮詰めたもので、一日以上かかっている。時間と労力と丹精が凝縮されたジャムが無惨に割られていく。

拓真はトシ子に視線をずらした。トシ子が怒ったらどうなるか。これまでトシ子が激怒したことは一度もない。そういう人がキレたらどうなるのだろう。拓真はゴクリ、と喉を鳴らした。

客の相手をする以外には、火にかけたジャムからトシ子が目を離したことはなかった。客とジャム以外は上の空。トイレにも行かない。電話の音も聞こえない。

そのトシ子が振り返っている。

トシ子は。

激怒も、驚愕《きょうがく》もしていなかった。

ただ、壊し続けるサトミを複雑な顔で見つめて佇《たたず》んでいるだけだ。

怒《いか》らせた肩で荒い呼吸を繰り返すサトミは、仁王《におう》立ちで床に広がるジャムを見下ろしていた。涙の玉が大きくなり、やがてそれはポロポロとこぼれ落ち、ジャムの花畑に注がれた。

トシ子はじっとサトミに視線を当てている。

サトミは震え始め、こらえきれずに膝をガクンと折った。

トシ子が抱きとめた。

トシ子はサトミの頭に顎をのせて、居間で変身ポーズのまま呆《ほう》けて災難を傍観していた拓真をこまねいた。

拓真は母に飛びついた。

トシ子は二人を両手にギュッと抱え込んだ。

柔らかく頼もしい母は、大嫌いこんなもの、の香りがした。

サトミがトシ子を恥ずかしがり出したのは高学年になった頃だったろうか。よそんちのお母さんは、おしゃれで痩せてて上品で隣町の若いスタッフが何人もいる美容院に通うのに、自分の母親は化粧はしないし、太っているし、大きな口を開けて笑うし、ジャージとサンダルで買い物に行くし、近所のバーバー松原でアニメの爆発後みたいなパーマを当ててくる。「爆発ヘアのドラえもんを同級生に見られたら恥ずかしい」と。だから運動会だの学習発表会などの行事にも来ないでくれと、律儀に毎回言い渡していた。

拓真は、母ちゃんつーもんは、太っていて無駄に笑い声がでかくて、買い物はおろか、どこまでだってジャージで行けるし、きついパーマのドラえもんなのだ、とすでに諦観の境地に達していたため、妹ほど過敏にもならず、口うるさく騒ぎ立てることもなかった。

サトミが小六で、拓真が中一の梅雨の頃、土曜日の朝のことだった。運動会の弁当を作っているトシ子の背に、サトミはまたもや絶対来ないでくれ、と強い口調で牽制していた。

拓真は中学校が休みなので、居間のテレビの前でくつろぎ、パンに梅のジャムを塗りながら「おうおう、また始まった」と尻に聞かせていた。来るなとわざわざ拒絶しなくても、母ちゃんは行けねえだろ。店があんだから。毎年そうじゃねえか。母ちゃんは忙しいんだよ。

サトミは運動会をしこたま嫌っていた。徒競走はダントツのビリ、マラソンも圧倒的なビリ。彼女にとって運動会は恥をかくためだけの祭りだった。本年の運動会の閉会挨拶のときには、早くも来年の運動会を呪《のろ》うやつだった。

「ビリでいいじゃん。堂々とビリでゴールしろ」

親切な拓真のアドバイスに「死ね、バカ兄貴」と食ってかかった。

「別にビリだからって殺されるわけじゃねえのに」

「殺されたほうがマシよっ」

真っ赤になって涙目でキレられた。まったく女心というのは理解できない。

拓真は欠伸をしながらジャムを塗る。

その梅ジャムは、前の年の梅雨に作られたものだった。梅の香りが高く、もえぎ色の清々しい色をしている。

——ジャム作りしかできないくせにっ——。

引きつれた声に、拓真は肩越しに振り返った。

家中がしんとして、弁当に入れるのだろう春巻きを揚げている油の音と、テレビの天気予報のいやに朗らかな声だけになる。

拓真はあぐっと食パンにかじりついて、鼻から息を長く吐いた。

トシ子は、卓司が死んだときに次ぐ悲しい顔をした。

その顔から、サトミも己が吐いた言葉に気づいたらしい、絶句した。

トシ子の顔は青い。妹の顔も青い。ジャムだって青い。そして空は灰色。

喉に張り付いて飲み込めなくなったパンを牛乳で流しこんだ。

「昼頃から雨だって」

拓真は天気予報を伝えてみた。しかし、それで空気が緩和されることはなかった。

こんがり焼けた二枚目のトーストに、皿から目玉焼きをのせ、ソースをかけて二つに折り、口いっぱいに頬張った。

妹は朝食に手をつけずに洗面所に引っ込み、一時間も髪をああしたり眉毛をアレしたりした後、台所に顔を出すことなく駆けだしていった。

トシ子が用意した弁当は、台所のテーブルの隅に取り残されていた。スグリのジャムに塩コショウとバルサミコ酢を加えたソースをかけた春巻きは、サトミの好物だった。学校行事に出られないのを申し訳なく感じているトシ子は、弁当が必要なときはここぞとばかりに気合いと愛情を注ぎ込んでくる。春巻き、唐揚げ。ウィンナーなんてタコだ。

トシ子は何も言わず、朝食も摂らないまま店のシャッターを上げた。いつもより三十分早い開店だった。

ジャム作りを詰《なじ》られても、トシ子にはそれしかなかったのだ。

オレたちを養うために――。

クリームイエローのホーロー鍋がくつくつと呟きだす。堂々の五リットルはどっしりと丸みを帯び、その存在だけで人の気持ちをたっぷりとさせる。その独り言は耳に心地よく、眠気を誘う。果実のとろける香りが家中に広がり始める。

天気のせいか、運動会のせいか、客足は少ない。予約していた客が三人ほど来た程度だ。昨日は混んだ。運動会の弁当にジャムサンドを持って行くからだの、唐揚げのソースにするだの、ビスケットやクラッカーに塗るだので。

「母ちゃん、ジュース買いに行ってくる」

客を見送って、ガス台に向き直ったトシ子の背に断る。

「ジュースだば冷蔵庫にカルピスがあるよ」

トシ子は背中で答えた。

「いや、ジュースじゃなくて。えーと、図書館に行ってくる」

「図書館は走り回れるところじゃないんだよ」

トシ子は拓真が図書館というところを運動場か何かと勘違いしていると思っているようだ。拓真は頭をかいた。

「いや、……町内一周してくる」

「はいよ、いってらっしゃい」

テーブルの弁当を携えて家を出た。

空はさらに鬱々とし、湿度が高く、空気が重くなっていた。

雷が鳴った。

小学校は自宅から歩いて四十分。途中で雨が降り出した。拓真はパーカーを脱いで弁当を包み、走った。

サトミだって心得ていたはずだ、店を閉められるわけがないと。

それなのに、サトミはあえて、何度も来るなと言い渡す。

恐怖の運動会に見に来るなとしつこく牽制する。

拓真は走る。妹の元へ。

自分が中学生になった今、サトミは誰と食べるのだろう。

拓真は空を見上げた。

「雨、しゃっけえ……」

六月なのに、雨のせいで手がかじかむ。濡れそぼったシャツが体に絡《から》みついて体温を奪っていく。

「くそっ」

強く地面を蹴った。

段ボールと模造紙で作られた門は、雨を吸ってみすぼらしく剥がれていた。糊が溶けて薄紙製の花が散乱している。保護者が軒下に入っている。児童はまだ競技を続けていた。応援席にも、子供たちがそのまま座っている。頭にハンカチをのせてじっとしているのは女子で、男子は雨によって逆にテンションが上がり、奇声を上げたり飛び跳ねたりとあり余る体力をせっせと浪費していた。

拓真が校庭に入ったときにはちょうど六年生が走っていた。

雨に打たれてしょげ返っている万国旗の下、サトミを含む五人がスタートラインに立った。妹はこの世の終わりのような顔で身をすくめていた。

「用意」の掛け声にスタンディングスタートの構えを取る。

雨が強まる。

ピストルが撃たれ、五人が飛び出した。

拓真が知っている通り、サトミは文句なしのびりっけつで目の前を走り抜けていった。

走り終わった後、肩で息をするサトミはちらっと校舎の軒下へ視線をやった。厳しい顔つきで、寂しげな目をしていた。そこに走り終わった安堵感は一切見えない。

弁当を持つ拓真の手に力がこもる。

次の借り物競走も、障害物レースも判で押したようにびりっけつ。びりっけつになるのに、サトミは全力で走っていた。顔を真っ赤にして。雨に打たれて。

校庭のスピーカーが、ガッガガッと雑音を立てた。

どんどん強まる雨に、ついに運動会の中止が告げられた。

大玉や玉入れの支柱などの片付けが終わると、体育館を開放するから昼食を食べる人はそちらで、という案内が入った。児童の半分は親とそのまま帰っていく。

サトミは雨に濡れたまま、校庭を出て行く家族を静かに見つめていた。

水溜まりを踏んで近づくと、サトミがうつろな目を向けた。傍に来たのが拓真だと知ると、瞬きをして意識を切り替えた。

「弁当、持ってきた」

パーカーで包んだ弁当を差し出した。

「……いらない」

サトミは、ぷいっとそっぽを向いた。

「食ってこーぜ。オレ腹減ったよ」

「お兄ちゃんだけ食べていけば？」

サトミは精一杯虚勢を張っていた。

「それおかしいだろ。小学生がいなくて保護者だけ一人で飯食うなんて、どこの世界にあるかよ」

体育館で、一人で弁当を食べる拓真を想像したらしい、表情が少しだけほぐれた。

「体育館、行こうぜ」

サトミは顔をうつむけ、こわごわ兄に尋ねた。

「お母さん、怒ってた？」

拓真は妹をじっと見た。濡れた前髪がぺたりと貼り付いて、雨が顔の凹凸を正確になぞっていく。顎に溜まった滴は寒そうに震えて、こらえきれなくなると、ハタハタと落ちた。

かつての、ジャムの花畑に落ちる涙を彷彿《ほうふつ》とさせた。

拓真は弁当を見下ろした。トシ子の様子を思い出そうとしても、背中しか思い浮かばない。

「ドラえもん」

サトミが視線を上げ、聞き返してくる。「ドラえもん？」

拓真は頷いた。

「ドラえもんだった」

もちもち丸くて、いざとなったら助けてくれるドラえもん。とってーもだぁいすきぃドーラえ〜もんん、と拓真は歌った。

「帰ろうか。帰って家で食うべ」

三人で、食おう。

サトミの目元が緩んだ。その視線が左にずれた。目が見開かれる。

拓真は振り返った。

サンダルと、青いジャージの裾が目に入ってきた。

卓司のコウモリ傘を差したトシ子が、いた。

やっぱりドラえもん。

呟いた拓真の横を掠《かす》めて、サトミがトシ子の元へ駆けていった。


毎朝欠かさず、拓真は無心に雑巾を動かす。コンクリートの床を掃き、モップで拭う。常に果物の段ボールが重ねられていたシャッター前の一角は黒いシミになったまま、消えることはない。

ステンレスの調理台に、蛍光灯の光が反射したら完了。

風呂場へ直行して、汗まみれのウェアをむしり取るように脱ぎ、シャワーを浴びる。さっぱりしたところで仏壇に供えたウーロン茶を飲んで人心地がつく。

背後で床が軋む音がした。

反射的に振り返った拓真はブホッと吹いた。

子供がいた。

「ああ！　すっげー忘れてたわオレ今」

昌がいるんだった。なかなか慣れない。胸元をウーロン茶でびだびだにして、拓真は「おいーっす」と挨拶した。

拓真と似たような寝癖をつけた昌は、仏壇にちらっと視線をくれると、拓真のことなどてんで相手にすることなく、洗面所へ行こうとする。拓真はその後ろ襟をむんずとつかんだ。

「おい、二年生にもなって挨拶のひとつもできねーのか。恥かくぞ。面接で蹴り落とされるぞ」

昌は迷惑そうに眉を寄せて「おはよう」と口をほとんど動かさず返した。

「よし、いい子だ。おまえは合格するだろう。あとはその目つきを改善すれば社内の人間関係もスムーズにいくこと間違いなしだ。笑ってみろ」

昌の目つきはますます険しくなった。起きしなに、胸元をびだびだにした頭の悪い男の相手などしたくはないとその目が言っている。

「お前、今日から新しい学校だろ？」

児童相談所の職員が転校の手続きを取ってくれた。

拓真は隣の居間から台所に入り、冷蔵庫から卵と牛乳、ハムを取り出し、テーブルの上のパンの袋を開けた。

バズーカ砲の音に振り返ると、居間で昌が胡座をかいてゲームを始めたところだった。

濁った目を画面に向けている。何も見ない何も感じない何も聞かないバリアが張られている。

すべてに無関心であろうとしているように見えた。

桁《けた》外れのショックを受けた後、人はそうなるという見本のように、見えた。

オレもそうだったのだろうか――。

仏壇を思い浮かべた。

卓司が死んだとき、そんなに悲しくはなかった。知らない大人がたくさん来て、銀の花輪が立ち並びご馳走が並ぶ。非常時の雰囲気は拓真にとって祭りだった。はしゃぎまくって坊主にたしなめられ、親戚連中に叱られ、弔問客の顰蹙《ひんしゅく》を買ったが大した抑制にもならなかった。香典袋をお年玉と勘違いし、いつまで待ってもくれないことにしびれを切らして実力行使に出た末、受付の親戚に香典袋で張り倒された。

「子供好きでねえ。何をするにも子供第一だったねぇあの人は」

トシ子が襖の向こうで親戚の人と話す声が漏れ聞こえていた。

「照れ屋な人でさぁ、一緒になってがらも、アダシさ話し掛げるどぎは真っ赤になって汗ば垂らしてらったっけ」

――トシちゃんのごどぉ自分さばもったいない「妻」って言ってらったよ。

「妻!?」

――んだんだ。耳にしたどぎぁたまげだけンどね。この辺りでぁ、せいぜい「カカア」って呼ぶべ？　それが「妻」だがらね。よっぽどトシちゃんのごど、大事に想ってらったんだろうねえ。

束の間、襖の向こうは静かになった。

「今考えれば、もっとアダシがら話し掛げればいがったんだねえ……」

その後の記憶はぼんやりとしているが、悲しみやショックは翌日になっても訪れなかったと思う。せいぜい卓司がいないことを不思議に思う程度だった。九歳にもなって、死ぬってことがわかっていなかった。

トシ子が生前、述懐したことには、サトミのほうがよほどショックを受けていたという。泣き暮らす妹を兄は「腹が減ってるのか」「腹が痛いのか」とトンチンカンな思い込みで心配していた。

「お前は、人が泣ぐどぎは、腹関係しかねど思ってだのよ。おまげに、大丈夫だぞったのは気のせいだとことんずれだ慰めばしてだっけ。呆れだ母ちゃんどサトミは、涙なんて引っ込んだもん」

当時を思い出すトシ子は、やりきれなさと懐かしさを合わせたような顔で笑ったものだ。

その後、自分はどう感じて生活してたんだっけ、やっぱり覚えていない。

毎日店を開け、夜遅くまで家事をしていたトシ子の姿が強烈で、卓司が死んだ悲しみは上書きされたのだろうか。

ゲームにのめり込んでいる、老人のように丸まった背を見やる。

あ、親父が死んだのはサトミが八歳のときだ。今の昌と同い年だ。

「因果なものだなあ……」

拓真はパックに残っていた卵五つを全部丼に割り入れた。塩を二つまみと砂糖大さじ一入れ、それから少し考えて、もうひとさじ投入した。壁に引っ掛けている四角いフライパンを火にかけ、サラダ油を薄く引いた。

卵を菜箸で切るように軽く混ぜたら、フライパンに少量流し入れる。白身と黄身を完全に混ぜないで、それぞれの食感と風味を味わいたい。少しすると、タンパク質の焼ける甘い香りが立つ。日光を煮詰めたような黄色に活力が漲《みなぎ》ってくる。

火から浮かせて向こう側から手前に巻き込んできて、最後までたたんだら、奥のスペースに油を引き、玉子焼きを押しやって手前のスペースにも油を引く。フライパンを五徳に戻し、新たな卵液を薄く流し込む。

ふと、振り返ると、昌が玉のれんの下で、柱に手を添えて拓真を眺めていた。

拓真はにっと歯を見せて手をこまねいた。

昌は目つきの悪いまま拓真を凝視するだけで動こうとしない。

卵とフライパンの間からパチパチピリピリと聞こえてくる。

拓真はフライパンに意識を戻し、卵液を流し込んで折りたたむことを繰り返していく。

昌がそばに来て、フライパンの中身を興味津々《しんしん》に覗き込んだ。

拓真は、野良猫をエサでおびき寄せたような得意な気持ちになった。

食パンを二枚トースターに突っ込んで、つまみをめいっぱい回してから、できあがった玉子焼きをまな板に移した。弾力があってプリンと揺れた。ほどよく焼き色がつき、しっとりと仕上がっていた。

昌の体が膨らむ。

切り分けていると、トースターから香ばしい香りがしてきた。つまみが途中でも蓋を開けて取り出し、また二枚放り込んで扉を閉める。

焼き目のついたパンにバターを塗ると、塗っていく端から菜の花色のバターが染み込んでいく。ハム、レタス、トマトの薄切り、さらにハムをのせてパンをかぶせた。

「かーんせーい。どうだ旨そうだろ」

昌に同意を求めたが、昌はサンドイッチに釘付けになって耳に入っていないようだ。

トースターから再び香りが立つと、今度は昌がパンを取り出し、バターを塗って同じようにハム、レタス、トマト、ハムの順で挟んだ。子供っつーのはよく大人を見ているもんなんだな、と拓真は胸の内で感心した。

プラスチックのマグカップには牛乳、コップにはウーロン茶を注いで、二人分の朝食を居間に運んだ。二人分の食事は、ちゃんと二人分の重さがあった。

昌は真っ先に玉子焼きに箸を伸ばした。昨日より、少しだけ箸の持ち方が改善されていた。渋面は変わらず、口いっぱいに頬張り、玉子焼きに視線を張り付かせたまま食べる。口の中のものを飲み込むと、すぐさま玉子焼きを頬張り、残りの二切れになった皿を見据えながらよく噛んでいる。

最後の一切れを口に押し込むと、空になった白い皿に視線を落としたまま、大きく膨らんだほっぺたを動かした。

拓真は自分の皿を差し出した。一切れ囓《かじ》った玉子焼きがのっている。昌が視線を上げた。難しい哲学の命題でも解いているかのような顔のまま。

拓真はテレビに顔を向け、サンドイッチにかぶりついた。小学六年生がいじめで自殺したらしい。中学生が脅迫で捕まったらしい。最近、いやに子供の事件が耳に入ってくる。

目の前の昌に視線を当てた。視線を感じてか、昌が目を上げた。拓真はとっさににっと笑った。昌は薄気味悪いものを見てしまったかのように顔を強張らせ、速攻で皿に目を落とした。

昌は拓真の歯形がついた一切れには当然のごとく見向きもしなかったが、それ以外を平らげると、空になった自分の皿を見下ろした。

「もっと食うか」

拓真は冷蔵庫の中に何か残っていたか思い出そうとした。めぼしい食材はない。

「レストランみたいだ」

「なんだって？」

耳を向けた。「もっと声を張れ。聞こえない」

昌が眉を寄せた顔を上げた。まだまだ小難しい問題は残っているらしかった。

「家で皿に食い物がのってるなんて」

拓真も空の皿を見下ろした。普通の皿だ。少し欠けている。ひびも入っている。

「欠けてる」

昌が指さした。

「そういうデザインなんだ」

「ひびも？」

「そういう柄なんだ。今巷《ちまた》じゃこういう柄がとれんでーなんだ」

昌は心得顔で頷いた。

「こういうのを風流人は趣《おもむき》があるというんだ、覚えておけ」

重々しく教えると、昌もまた重々しく頷いた。

「時々、ジャムを作ったんだ」

「何が、誰が」

「サトミ」

「……」

ゴミ溜めの台所に残されていたホーロー鍋と木ベラ、密閉瓶が瞼《まぶた》に蘇った。

「旨かったか」

昌は軽く頷いた。

「何のジャムだ、モモとか黒スグリとか」

「ドライアプリコットとか、ドライマンゴーとか」

店のつまみじゃねえか。そういえば、キャバクラの店長も言ってたっけ、料理はからきし駄目だったが、ジャムだけは天下一品だったって。

「ここんちでも作ってたんだ」

「本当？」

昌の表情が動いた。ゲームをしてるときの死んだ目とは違い、光が差している。

「庭の菜園」拓真は掃き出し窓の向こうへ顎を振った。「モモの実だの黒スグリだのを採って煮詰めるんだ」

ホーロー鍋がことことくつくつと音を立て、厨房から台所、居間まで、澄んだ水が喉を通るように果実の香る風が通り抜ける家だった。特に秋口の木漏れ日や、冬の弱い陽光が差し込む日には、その奥ゆかしい音だけで暖かくなれた。

あの香りこそが「瀬戸家」だった。

一日のほとんどを、トシ子は改装した車庫の厨房でひたすら煮詰めることに費やしていた。トシ子のふっくらとした背中を、拓真は台所のテーブルで、ジャポニカ学習帳のマス目を埋めながら見ていた。

「焦んなくてもいいんだよ。少しずつ、ゆっくりやればいずれでぎ上がるんだすけ」

時々、そんなことを漏らすことがあった。

ふと顔を上げれば、そこに必ず厚い背中がある。それは拓真を安心させた。サトミも同じだったらしく、中学に上がるまで二人は台所で宿題をした。店を開けている時間は、台所と厨房を隔てる戸板を開け放ち、染めののれんをぶら下げていた。

トシ子は楽しげに客を迎え入れ、ジャムについて問われればレシピも嬉々として教えていた。

今、厨房はシャッターを閉め切られ、地面との隙間から世知辛《せちがら》い排ガスを迎え入れるばかりである。

気づけば戸板を見つめていた。顔を戻すと、昌が拓真に目を据えている。ぼうっとしていたのを誤魔化すために、拓真は景気よく立ち上がった。

「よしそれではミッションだ。レストランじゃ給仕係が皿を下げるが、家では自分で皿を下げて洗うというのが定説になっている」

自分の使った器をかき集めて台所へ向かうと、昌も神妙な面持ちで皿を持ってついてきた。その調子で器を洗わせ、皿を拭くこと、食器棚にしまうことを教えた。

昌が興味を持ったのは、流しに放ったらかしにされていたメラミンスポンジで、カップのシミや鍋の焦げ付きが見る間に消えていく様に見入り、夢中でこすっていた。

「そろそろ出動の時間だ」

冷蔵庫の手垢をこすっている昌に声を掛けた。「おっすげえなお前。瀬戸基地が見違えるほどきれいになった。ご苦労だった昌隊員」

昌隊員は眉一つ動かさずに全体を見渡した。

その頬がほんのり上気していた。

台所はヴェールを一枚剥がされたようだった。


平日のわくわくめるへんランドは別名「閑古鳥《かんこどり》」という。

圧倒的に暇。

休日に三回あるショーは一日一回に減り、空いた時間は、打ち合わせと練習などにあてられる。

「だーから、やられ方が違うつってんだよ。こうだよ、こう」

拓真は上体を捻って後ろに飛んでみせる。首を起こして豊田、本田、鈴木が見ているか確認する。豊田と本田はだるそうにしゃがんでそっぽを向き、鈴木は立って腕組みをして眺めていた。

「ちょっともー、わかってんのかよ」

「わかったわかった」

「つか、あっついし〜」

「オレはお前らの三倍はあっついんだよ」

「ッバカ、オレのほうが五倍はあっついよ」

「ふざけるな、しゃがんで見てるだけのくせに、こっちは疲れも入ってるんだからな」

「わかったわかった」

鈴木がサル同士の喧嘩の仲裁に入る。

「まとめるとこういうことだな。豊田は本田の五倍暑くて、本田は拓真の四倍疲れてて拓真は本田の三倍バカってことでいいじゃん」

「ちょっと待てコラァア」

「とっとと練習終わらせようぜ、頭焦げて禿《は》げそうだ」

それが終われば、アクタースーツのメンテナンスをしたり、ほうきとちりとりを引きずって園内を徘徊したり、回転木馬にペンキを塗ったり、植木の刈り込みをしたり、ウサギに刈り取った葉っぱを与えてまったりしたり、たまにアトラクションの調子をみるために試乗したりする。

子供や家族連れが少ないために、カップルが目につく。百円で丸一日いられる。何にもしないでベンチに腰掛け、ひっついているのもいる。

拓真は、額にタオルを巻いて胸まであるナイロン製のウェーダーを着込み、冷え防止のサポーターで膝を保護し、ボート池の藻をすくい取っていた。

この池でネッシーボートを漕いだカップルは長く続くと園長がツイッターで放言したら、わずかに客足が戻ってきたが、平均すれば年々減少の一途を辿《たど》っている。

ネッシーボートはしかし、無駄に首が長いため風当たりが強く、よく転覆した。本性は危機のときこそ現れる。彼氏は彼女を置いて我先にと岸を目指して泳いだり、彼女のつけまつげがずり落ちたりと凶事が重なり、このボートに乗ったら破局するという噂に塗り替えられたのは、ネッシーボートが転覆するみたいにあっという間だった。

相棒の本性を手っ取り早く暴《あば》きたかったら、ネッシーボートに乗せてひっくり返せばいい、という前向きなようでいて実はやけっぱちともいえる噂を流そうかどうしようか園長は思案中らしい。

破局は当たっていると拓真は断言できる。自分もそうだった。

単純な話だった。

彼女は結婚を望んでいた。

拓真は結婚なんて考えられなかった。

先輩のビフォーアフター話を踏まえて、家族を持つということは楽しそうで、やりがいや生きがいになるんだろうとは思ったが、それに付随するわずらわしいもの――好き勝手はできない、扶養の責任――と天秤に掛けたら「あ、やっぱオレ無理だわ」というのが結論だった。そもそも、自分の給料で家庭を持つのはあつかましい話だ。

彼女にそこのところをはしょって、一言「いや、無理っしょ」と軽く笑ったら、右フックが飛んできて池に沈んだ。ボートに上がろうと縁に手を掛けたら足蹴りにされた。鬼すら裸足で逃げ出さんばかりの形相の彼女は、一人でネッシーのペダルを漕いで岸に上がり、池の中の拓真に向き直ると仁王立ちで、立てた親指を垂直に下げた。

マジかよ。

耳の穴からも鼻の穴からも生臭い水が溢れた。頭から水滴とともにゲンゴロウが滑り落ち、目の前を泳いでいった。二十七だと女は告げていたが、本気で怒っていた様子からすると三十は超えていたのかもしれない。女の年の見当は難しい。

気づけば周りの客の注目を浴びていた。ショー以外で注目を浴びたのは初めてだった。いや、これも一種のショーなのかもしれない。

キラキラと反射する水面を見ていると、妙におかしく、すっきりしてくるのを感じた。排水口のつまりが突然解消されたみたいな。

池の真ん中で、拓真は万歳三唱した。

それ以降、拓真は誰とも付き合っていない。これからも付き合わないだろう。面倒くさいだけだ。付き合いさえしなけりゃ池に突き落とされることもないのだ。

休みの日は一人でいたい。一人はすげー楽だということに気づいた。

観覧車が回っている。カップルが一、二……三組。ほかは空っぽ。ジェットコースターにカラスが留まっている。節電のために回転木馬も動かない。平日は従業員のシフトにも休みを入れているので、人気のないアトラクションには切符切りもつかない。乗りたかったら雑用をしている係員に声を掛ければいい。

拓真もカップルと親子一組ずつの切符を切って、ボートやゴーカートに乗せた。ボートに乗る前は仲の良かったカップルが、降りたときには言い争っていて、「おやおやこのカップルもですか」とほほえましく眺めていたら、とうとうつかみあいが始まったので、「おやおや、やはりそうなりますか」とおおらかな気持ちで、間に入った。

「こらこらやめなさいって、何、どしたの」

「彼が浮気してたんです。ここにあたしと来たのは今日が初めてだったのに、先月、ここで雨に降られたって」

怒りから涙目になっている学生風の彼女が彼氏を指す。

「だから妹だっつってんだろ」

ピアスと脱色された髪による彼氏のチャラさは、腰パンの相乗効果によってシャボン玉より軽く見える。

「はあ!?　妹とボートなんか乗るっての？　キモイんですけどっ」

「の、乗るよ、乗りますよね普通に、ねえ係員さん」

「え？　まあ、乗るんじゃないかなめちゃくちゃ仲が良くて一緒に寝て一緒に風呂に入るぐらい仲が良かったらボートぐらい乗るんじゃないの？」

「ちょちょっと何だよやめてくれよあんた」

欠伸を漏らした拓真は彼氏に襟首をつかまれた。拓真より十五センチは背が低い彼は、ぶら下がり状態になっている。彼女も彼氏に味方した。

「しょうちゃんがそんな変態なわけないじゃないですか、いい加減なこと言わないで下さい！」

どこをどうして非難の対象になってしまったのか、身に覚えのない拓真は矛先を向けられて、なだめすかすように両手を掲げた。

「だってワタシお客様とは今初めてご対面した訳だし、お客様たちの何を知ってるかと言われれば何も知らないし。こっちのしょうちゃんに妹さんがいるっておっしゃるんなら、そうなんでしょ、変態関係なんでしょ」

「やかましわ！　オレには妹なんていねーんだよ」

彼氏の一言で場は静まり返った。背後をハトの集団がくるるくるると鳴きながら、レンガの隙間にクチバシを突き刺し突き刺し歩き回っている。

拓真は頭をかいた。

「まあ、そういうことならそれでいいんじゃないすか？」

ちょうどいいタイミングでゴーカートに乗りたいという親子連れが来たので、渡りに舟とばかりに足早に立ち去った。

ところが。

ゴーカートを乗り回す子供がはしゃぎすぎてカーブを曲がりきれずにひっくり返り、額をすりむいた。

拓真は親の苦情を受けて、誠心誠意（に見えるように）謝ったが、親は「こんな危険なものを置いておく遊園地が悪い」と怒り心頭で、謝罪は全く聞き入れてもらえず、「こうやって子供というものは大きくなっていくんです。人生はけがの連続です。今のうちに軽いけがを積み重ねていけば、将来大事に至るようなけがはしませんよ」とフォローしたら「園長を出せ」とわめいたので、「園長は今インフルエンザにかかって、つわりがひどいので、理研で静養しています」と釈明し、その場を凍り付かせてなんとか許してもらった。

なんやかんやで十一時四十五分。少し早いが昼飯を摂ろうとプレハブへ戻ることにした。

園内のレストラン「シエスタ」では、ボンカレーにナツメグを振って七百八十円で出すようなメニューしかないので、出勤前に、ほぼ六時前には開くスーパーで調理パンを調達し、プレハブ内の小さな冷蔵庫に入れておいている。

拓真は何も、徹底的な手作りに拘《こだわ》っているわけでもない。

三食作るのはさすがに無理だ。たまに食べたくなる出来合いもので「一人惣菜パーティ」なんかもする。翌日に仕事がない日を狙って。弁当や唐揚げやチキン南蛮、グラタンなど家で作れないもの、作る気のないものをごっそり買って心ゆくまで味わう。毎食出来合いよりは体に優しいかなと判断して、「ちゃんとした生活」はできる範囲で緩くやっている。健康を保っていられるなら、毎食惣菜でもいいと思うが、拓真にはそれが合わなかっただけだ。

プレハブに戻ると、ほかの三人のキルユーはすでに食べ始めていた。売店のハンバーガーだったり、たこ焼きだったり、親と同居しているものは手作り弁当だったり。

拓真はサンドイッチを囓りながらウーロン茶を飲んだ。鈴木が母親手製の弁当を食っているのを眺める。

米、食いてぇ。と唐突に思った。

「玄関開けたら二分でご飯」は、パックの匂いが鼻につくし、炊くのは面倒なため、朝はパン。夜は炭水化物を摂らないほうがよい、と理由を付けて自分を誤魔化してきた。けれども実際のところは「米食いてぇ」。炊きたての、パックの匂いのないやつ。ご飯粒が立ち、艶やかで優しい乳白色のご飯。そのまろやかな湯気に包み込まれたい。

家に帰ったら炊こうと何度計画したか知れない。しかし、仕事が終わる頃にはくたくたで、米をといだ上に浸水させ、そこから忍耐強く炊けるのを待つなんて所業は、冗談としか思えなくなっているのだ。

休みの日は休みの日で、五時に起きて町内を一時間走ったら、ウーロン茶を飲んで洗濯をしたり、クイックルワイパーを引きずったり、筋トレしたり、携帯を見たり、パソコンで動画を観たりしているうちにうとうとして、目を覚ますと夕方で、そうなれば米を食うチャンスはない。

今日は疲れたし、今日は休みだし、今日は雨降ってるし、今日はちびっ子が少なかったし、と米をとがなくていい理由を挙げ連ねてきたが、やっぱり炊いた飯に焦がれる思いは根強く、パンを食いながらも「何か違う」と欲求不満が燻《くすぶ》り続けていた。

昌が来てからも相変わらず飯を炊くことはない。それで昌が文句を言ったことはない。でも。

昌も食べたいんじゃないだろうか……。

「危ない！　拓真！」

鈴木の鋭い声が聞こえた。

はっとした。

顔目掛けてブーツの底が迫ってくる！

拓真は考える前に身を捻って避け、その回転の勢いを借りて足を振った。

重く芯のある衝撃を足の甲に受けた。

「あら」

自分のとぼけた声が、子供の悲鳴よりはっきり聞こえ、空の青と雲の白がマーブル模様を描いて混ざり合った。

胸板に衝撃を受け、顎を床にしたたかに打った。煌《きら》めく砂粒の角まではっきり見えた。

足元で倒れる音が聞こえた。会場が静まり返った。セミの声も絶え、録音された「トウッ」「ヤアッ」「お前らに地球は渡さん！　このゲス野郎が！」という気合のこもった声優の声だけが空しく響き、丸めたハンバーガーの包み紙が、顔色をなくしている観客の後ろを転がっていった。

ショー本番で足に弾力性のある衝撃を受けるという経験は、初めてだ。練習のときには何度か受け、先輩に「てめえ、今確実に狙っただろ」とかなり根性の入った回し蹴りを受けたものだが。

拓真はむくりと身を起こした。

突然――。

「ファーーーーッキュウウウウ！」

子供の絶叫が耳を劈《つんざ》いた。

足元でファッキューが大の字になって、伸びに伸びていた。

拓真はファッキューに駆け寄り、「おいっ」とマスクの上からほっぺたを張った、グーで。

「うぅ……」

うめいたものの、起きない。

火がついたように子供が泣き、母親が慌ててなだめすかし、ハトが飛び立ち、スタッフが対応に大わらわとなる。

キルユー四人で、ファッキューを自分たちのプレハブへ運び込んだ。

壁付けの扇風機はつかえながら回っている。プレハブの事務室にクーラーというハイカラなものはない。ブラインドから日光が差し込み、スチール机に縞模様を描いている。その部分は、手を付けられないほど熱いに違いない。このプレハブの中で、今一番熱いのはその机だと、思いたい、と拓真は園長の水風船のような顔を見た。

悪役がヒーローを一発でぶちのめしたなんて聞いたことないんだけど、とメタボ園長はタオルでうなじから頭頂、顔までを一直線に拭って苦い顔をした。

「ほんと頼むで。次やったらおめ、一生沼の掃除ばしてもらうがらね」

園長はシャツの裾からタオルを突っ込み、脇の下の汗を拭った。

「沼の掃除も嫌ではないすけど」

反省の色もなく飄々《ひょうひょう》としている拓真に、園長がタオルを投げつけた。臭いのする湿ったタオルに顔面を覆われ、吐きそうになる。

「瀬戸ちゃん、おめ、バガだべ筋金入りのバガだべ」

「まあ、そんじょそこらの成り上がりのバカとは一線を画している自負はあります」

「何えばってんの。ムガつくんだけど。——おめがそごまでヒーローばやりてぇど思ってらったとは……」

「？　どういう意味っすか」

「でもね、ヒーローさ、けがさしてまで引き摺り下ろそうなんちゃ」

拓真が目を剥いた。

「エンチョー、見くびらないでくださいよ。オレは今はヒールですけど、気持ちはヒーローなんすから」

園長は拓真の話の途中から聞く気をなくし、耳の穴をほじくり始めた。

プレハブを辞去すると、就学前の子供と母親が、ジェットコースターの前で対決していた。年齢制限と身長制限のために乗れないのを、子供はなんとしても乗る、という鉄壁の我を通そうとしている。いらついた母親が、説得の金切り声を上げれば、子供はますます意地を張る。

遠目に成り行きを眺めていると、母親が拓真に気づいた。同情と助けを請う目をする。拓真は目顔で諾《うべな》い、子供の前にしゃがんだ。

「よう」

子供は知らない男に話し掛けられたために、わめくのを中断した。

「何、おニイちゃん、アレに乗りたいの」

背後のジェットコースターを親指で指すと、子供は鼻の穴を広げてこくん、とした。

「アレねえ、気難しい奴なんだ。この絵より大きくない人を乗せると、手がつけられなくなる。そのせいで、今月になってからもう三人が落ちて頭割ったんだ」

気の毒なことだよねえ、と拓真は深刻な顔をうつむけた。子供はしゃっくりをした。産毛《うぶげ》のような眉を寄せ、母親を上目遣いに見る。母親は素早く頷き返した。

「その代わり、お金じゃ乗れないものに乗せてあげましょうかね」

拓真は子供を抱え上げるとふわりと肩に座らせた。子供が大きく息を吸う。落とさないよう、ふくらはぎをしっかりつかんで拓真は駆けだした。

頭上から悲鳴に近い歓声が降ってくる。拓真にしっかりつかまれた足をバタつかせる。頭をがっちりつかんだ小さな手は柔らかく湿っている。気圧《けお》された母親が、口を覆って目を丸くしている姿が、視界の隅に見える。だーっと走り、次は下ろして両手を繋いでブン回す。子供はたががが外れたように狂喜する。

飽きるということを知らないのが子供の真骨頂だ。もっともっととせがみ、繰り返させる。母親がいくら帰るよう促しても聞く耳を持たない。

閉園を告げる蛍の光が流れてようやく、子供は拓真を解放した。

「おニイちゃん、また遊びに来いよ」

子供に手を差し伸べると、しがみつくように両手で握手をして「また来るよ」と元気に約束した。彼は後ろ向きになって拓真に手を振り続け、母親は拓真に何度も頭を下げながら、子供の手を引いてゲートへと去って行った。

ヒグラシが鳴いている。

オレは、してもらったことしかできないだけだ。

自分も、親父によく肩車だの、ブン回しだのしてもらった。卓司は勤務中でも家に寄り、拓真やサトミと遊んでくれた。仕事はどうしたのか、当時は考えなかったが、後にトシ子が言うには「転職した先で営業さ回されで、お父さん、苦労してらみたいだったのよ。勝手がわがんねでしょう。今まで一人で飛んだり跳ねだりしてればいがったのが、急に人様さ物売るだなんて。社交的な人でもないべしね。外回りついでにうちさ寄って気晴らししてたんだ。サボリ癖のある人だったけど、えの中さつまらねごどを持ち込まない度量だけはあった」。おかげで出世はせず、給料も上がらず、ボーナスもなかったが、家の中が暗くなることはなかった。

自分の手を見た。拓真の手が子供の手をすっぽり収められるほど大きくなったというのを、卓司は知らない。

駐車場の車止めに腰掛けて待っていると、従業員通用口から小柄な女性が現れた。ほっぺたにバカでかい湿布を貼っている。

拓真に気づいて足を止めた。

わだかまりのある顔だ。当然だ。

拓真は立ち上がって、紅茶のペットボトルを彼女に向かって放った。放物線を描いたボトルは、すんなりと彼女の右手に収まった。

「昼間、ごめん」

拓真は潔く頭を下げた。

「いいよ。よくあることだから。あたしも前に、別なところで主役を蹴っちゃったことあるし」

相手は揃った白い歯を見せた。

「何、おたく、この遊園地に勤める前もショーをやってたの？」

「そう。そのときはヒール役だった」

ペットボトルの蓋を力強く開け紅茶を口にすると、ぬるい、と鼻に皺を寄せた。

「何でここに」

「クビにならなきゃそこにまだいたよ」

にっこり笑って不吉なことを告げられ、拓真は笑顔のまま凍りついた。

「瀬戸拓真、クビになんないようにね」

拓真は驚いた。

「オレの名前、知ってんの」

「は？　当たり前じゃん」

「オレあんたの名前、知らねんだ」

白い喉を反らせて飲んでいた彼女が、ぶっと噴いて咽《む》せた。「バカだバカだと思っていたけど、ここまでとは」と独りごちた。

「聞こえてるんですけど。かなりガッツリ聞こえてるん」

「あたしは宗方《むなかた》つばさ。はじめまして、よろしく」

棒読みで名乗りながら、空のペットボトルをくずかごに放り込むと、駐車場の木陰に停めてあるホンダのゴールドウイングにまたがった。フルメットを被りエンジンをふかすと拓真に軽く手を挙げた。拓真も手を挙げ返す。

つばさは駐車場を大きく迂回して路上へ出て行った。

「すっげ、本物のヒーローみてぇだ……」

思わず感嘆を漏らしていた。


一昔前のJ—popが流れる店内で、目についたキャベツを持ち上げる。ぎゅっと締まっていて重い。澄んだ緑色で、葉の先までしっかり瑞々《みずみず》しい。隣のキュウリも取る。とげが手のひらを鋭く突っついてくる。かごに放り込み、ニンジン、ジャガイモとかごに入れる。

果物コーナーで足を止めた。バナナ、マンゴーなどから華やかな香りが漂ってくる。

一人になってから果物は買っていない。トシ子が生きていた頃、家には食べ切れないほどの果物が常にあった。庭に実ったもののほか、農家の人が規格外のために市場に出せない果物を分けてくれた、段ボール箱で。それらは熟成が進みすぎたもの、大きすぎるもの、形がいびつなもの、色に斑があるものだったが、総じてバイタリティに溢れた味で、ジャムになる前から濃く深かった。混沌とした活気ある味だった。

おやつは果物か、ジャムをホットケーキで挟んだものや、ジャムを餡《あん》にしたふかし饅頭《まんじゅう》などがほとんどだった。チョコやスナック菓子を食べる友達が正直羨《うらや》ましかった。

トシ子が死ぬと、果物は徐々に入ってこなくなった。庭の果樹は見る間に雑草に飲み込まれ、落ちた実を拾うこともなくなった。

売っているものは拓真にとって行儀がいい味で、物足りなかった。

果物コーナーは素通りした。鶏のささ身は大パックを選んだ。飲み物コーナーへ行こうとして、「あ」と思い出して、きびすを返し、米コーナーに走った。四百五十グラム、二キロ、五キロ、十キロ。

迷わず十キロの米を抱え込んで我に返る。

「ちょっと待て拓真。落ち着け、頭を冷やせ。ここは冷静に考えよう。このオレに十キロの米を炊き続けるほどの覚悟はあるか」

親が死んで余った米はコクゾウムシにとっての「家であり、レストランであり、そして、トイレでもある」に成り果てたではないか。

拓真は呼吸を整え興奮を鎮めると、米をそっと戻し、四百五十グラムパックを取った。これなら二、三日でなくなるだろう。三日もがんばったら表彰ものじゃねえか。

気持ちも新たに、飲み物コーナーへ向かいかけたものの、何かを振り切るように身を翻すと、再び米コーナーへ取って返して二キロの米に替えた。

「しっかりしろよ拓真。三日だけ続けてどうなるってんだ。なんですか新年の抱負ですか日記ですか禁煙ですか。何弱気になってんだよ。できるよオレ。二キロぐらいの米簡単に食い上げれるって。誰がコクゾウムシの『家であり、レストランであり、そして、トイレでもある』にされますかッ。見てろよ昌、旨い飯食わしてやっから」

拓真はドヤ顔でレジに持ち込んだが、いつもの若い男性店員は特に褒め称えてくれることはなかった。

自転車の前かごにレジ袋を入れ、米を載せた。肉のパックが潰れたが、これから炊飯という一大事業を成し遂げようとしているときに、そんな細かいことを気にしてる余裕は拓真にはなかった。

ペダルを踏み込む。

小学生がリコーダーをでたらめに吹きながら帰っていく。今日は昌の初登校だったが、どうだったんだろう。友達はできただろうか。

大通りから一本入ると、歩道の縁石の上を、バランスを取りながら歩くスカイブルーのランドセルが目に入ってきた。ランドセルから頭と足が生えている。鮮やかなコクゾウムシにも見えた。

一人きりだ。

拓真の家に来ることを望んだ昌に、転校することになるがいいか、と重ねて問うと、昌は首を縦に振った。

「別に無理することないぞ。友達と別れることになるんだ」

「トモダチ？」

一瞬だが、昌は痛いほど冷たい自嘲を浮かべた。

すぐに断言した。

「転校する」

あのときの昌からは、隠しようのない期待と興奮が香っていた。

「おい、昌」

背後から近づいていくと、昌は振り返った。声を掛けてきたのが拓真だとわかると、ほっとしたような拍子抜けしたような顔をした。

拓真の気持ちも複雑になる。

しかし、元来「複雑」にはアレルギー体質なので、長くはもたない。

「一人か」

昌はむっとした。プライドってものがあるのだ。

「まあ、そういうときもあるもんさ人生なんて。大丈夫だ、友達っつーもんはそのうちできるって。問題ない」

「いちいち説教くさい」

「あー、説教できる相手がいるってのはいいもんだなあ」

拓真は頭の後ろで手を組んだ。昌はギョッとして身をすくめた。ハンドルから手を放しても安定して乗っている拓真をまじまじと見る。

「昌も説教してくれる相手がいてていいと思え」

思えるかっ、と昌は目くじらを立てた。昌の速度にも自転車はぐらつくことなく併走する。

「乗るか？」

荷台を指すと、昌は今度こそ立ち止まった。立ちすくんだ、といったほうがいいかもしれない。

その目は見開かれ、こめかみを汗が伝っていくのが見えた。

「後ろ、乗るか？」

拓真は荷台を親指で指した。昌はぎこちなく視線を荷台へ転じる。

見え隠れする期待が、その目を黒メノウ石のように光らせる。

二人の横を親子三人乗りの自転車が走り抜けていった。子供をかごの後ろと、荷台に一人ずつ乗せている。昌の目は彼らに吸い付き、建物の角に消えるまで首を捻って見つめ続けていた。

拓真は急《せ》かすことなく、昌がどうするのか待った。

昌は「いかにも気は進まないが、せっかく申し出てくれるのなら仕方がない」という体で、靴底を地面にこすりつけながらのろのろと自転車に近づくと、精一杯足を上げ、荷台に乗ろうとした。拓真が「犬の小便みてーだな」と笑うと、昌は乗ってから拓真の腰を一発殴った。

「しっかりつかまっとけよ」

昌が手を握ったり開いたり、もやもやもじもじしているので「さっきお前が殴ったとこ」と示した。昌の両手が恐る恐る添えられる。

力強くペダルを踏み込んだ。ぐん、とシャツが後ろに引っ張られる。

「うわあっ落ちる！」

昌の悲鳴が響き、ぐん、とシャツが後ろに引っ張られる。

拓真は後ろに手を伸ばし、その襟をつかんで引き起こした。「二人乗りしたことあるか」

「ない」

昌は足をぶらぶらさせている。町はどんどん流れていく。

「飛んでるみたいだ」

昌の声に張りが出てきた。拓真はさらに踏み込む。

びょおびょおと風が耳元で叫ぶ。

「見てみろ、昌」

電線が、青い空が見える。飛行機が尻から煙を一直線に噴射してゆっくり渡っていく。

「僕ら飛行機より速いんだ……」

拓真の耳に昌の呆けた呟きが届いた。

「少し遠回りするかー」

大きくハンドルを切って、脇道に逸れ、農道へ向かう。農道は見晴らしがよくて太陽の力が強いのだ。

「夏は強い」

昌が唐突に感服する。

「そうだな」

「負けそうだ」

どういう意味かわからなかったが「負けるな」と返した。

昌からの返事はすぐにはなかった。

「殴ってごめんなさい」

しばらくして昌の詫びが聞こえたような気がしたが、拓真は振り返りも返事もしなかった。背中で昌がほっと息を吐いた気配を感じた。

上り坂を、拓真は前のめりになり、肘を突っ張らかして漕ぎ上がっていく。腿の筋肉が盛り上がり、サッカーパンツから出たふくらはぎにはコブが浮き出る。腰をぎゅっとつかまれたのがわかった。昌も体に力を入れているのだ。一緒に上ろうという意気込みを感じた。

やっと上りきると、見渡す限りのスイカ畑に一直線に伸びる平らな道が百メートルほど続く。遠くにかすみがかった青い山脈が見えた。空が近い。圧倒的な青。蒸留されたような清涼の空に落ちていきそうになる。住宅街からちょっと外れただけでこの景色だ。

澄み切った風が吹いてくる。昌の握力が弱まると、風が入ってきて、つかまれていたところがひんやりした。

下り坂に差し掛かった。

腰をつかむ手に再び力がこもった。

「いっくぞー！」

拓真が雄《お》たけびを上げた。

昌の脚が前方へピンと伸びる。拓真も足をペダルから離し、広げた。

体が浮くような感覚に、ぞっとする開放感を覚える。

風を裂いて二人乗りの自転車が滑走していく。

拓真の脇腹から昌の腕が伸び、前方を指した。

「あれ、水溜りがある」

「は？　水溜り？」

「ほら、あそこ」

昌が拓真の腕を思い切り引っ張った。ハンドルが大きく取られて、車道に飛び出しそうになる。

「うわああ、やめろっ危ねっあぶ」

ハンドルを思い切り畑が広がる左にひねった。

二人の悲鳴が空に響き渡った。

自転車がクラッシュ音を立てて横倒しになり、ハンドルすれすれを、トラックが熱い排ガスを撒き散らして走り抜けていった。

二人は畑と道路の境目の土手に転がっていた。

「ってぇぇ」

拓真はうなじを押さえて起き上がった。

そばで起き上がった昌は、どこも痛くないようでケロっとしている。辺りを見回して道の先を指した。

「ほらあれ、よく見るだろ。学校の帰り道、よく出たんだ。仙台からついて来たんだ」

「ついて来るわけじゃねえよ。逃げ水って言うんだ。蜃気楼《しんきろう》みたいなもんだ」

「にげみず。ついて来るものじゃなかったのか」

いつもそれは、そばに行くとふっと消えた。

昌は振り返り、逃げ水が消えた箇所をとっくりと眺めた。足で叩いて確かめ、首をかしげている。拓真は横を向いて笑いをこらえた。立ち上がろうとして左膝に鋭い痛みを覚え、瞬間的に身をすくめた。

「どうしたの、拓真」

「え？　何が？」

拓真は笑顔を取り繕って立ち上がり、尻の埃を払い落とした。

「お前どこもけがないのか」

「うん」

「ガキは体が柔らけぇんだな」自転車を立てた。米が重しとなり、買ったものはかごに収まったままでいてくれた。

「ほら、行くぞ」

昌を乗せ、自転車にまたがり、再び走り出す。

左膝に負荷がかかるたび、拓真は奥歯を噛みしめた。

また、二人の前に逃げ水が現れた。近づくとどんどん逃げる。近づいたと思ったらもう消えていて、振り返ると当たり前のように水溜りはそこにあった。

「ついて来るくせに、追い掛けると捕まえられなかった」

「ははっ。昌も追っ掛けたことあったのか」

「拓真も？」

追い掛けても追い掛けても水溜りは決して捕まえられなかった。

「僕、ずっと追い掛けてたよ」

拓真は黙した。

シャツがぎゅっとつかまれた。


シャッターの前で二人は下りた。昌の目は自転車に留まっている。

「気に入ったか」

面白がって尋ねたが、昌は頬をピクリともさせない。

「オレが仕事で使わないときは乗っていいぞ」

玄関に向かって押していく。

「大人のは乗れない」

「バッカだなあ、大人用も子供用もハンドル一つにタイヤは二つ。漕げば前進。違いなんてねえよ」

大口開けて笑う拓真を、昌は半眼で眺め、ため息をついた。

買ってきたものを台所のテーブルに広げた。米、野菜、肉、ウーロン茶、牛乳、調味料……。昌は出てくる食材をいちいち目で追う。

「旨い飯を食わせてやるからしばらく待て」

拓真は米を手早くといだ。最低でも三十分は浸水させねばならないというのは、トシ子から教わっていたが、腹を空かせた成長期が待っているため、悠長に構えてなんかいられない。

長らく使っていなかった炊飯器が、正常に動くかどうか懸念したが、スイッチを押し込んでみると明かりがついて、ヴーンと稼動し始めた。どうやら、炊飯器は放ったらかしにされたことを恨むでもなく、素直に仕事をしてくれるらしい。

レタスのセロハンを解いて、葉っぱを剥がしていく。

「昌、ジャガイモとニンジンを洗ってくれ」

昌は食材をまるきり物珍しげに見下ろしている。

「昌隊員」

再度声を掛けると、隊員は我に返って、ばら売りのジャガイモとニンジンを流しで洗い始めた。ニンジンを鼻に近付けて、顔をしかめる。水が肘を伝って、腹を濡らしているが気にする素振りもない。真剣な面持ちで洗っているので、拓真も特に何を言うこともなく放っておいた。

皮を剥くのは苦手だ。特にジャガイモは。芽をほじくって、後はイモもニンジンも皮ごと大きな乱切りにした。

カレールーのパッケージに書かれてある手順通りに作っていく。

「甘口じゃないが、いけるか」

「バカにするな」

鼻息を荒くしたものの、どこか不安げだ。そんな昌を鼻で笑うと、すかさず腰にパンチを食らった。

「カレーってそうやってできあがるんだな」

昌が感心したように漏らした。

「オレも初めて作る」

「え」

昌の顔が曇る。今日の夕飯はなしかもしれない、と悪い予感に飲み込まれたらしい。

ささ身のぶつ切りと野菜を軽く炒めて水を入れ、ルーを割り入れたら後は煮込むだけ。とろみのある液体をかき混ぜていると、ジャム作りを思い出した。懐かしい感覚だ。

「僕もやりたい」

昌がせがむので、渡りに舟とばかりに拓真はおたまを渡した。昌は背伸びをしてぐるぐるかき回している。

「底からひっくり返すように混ぜろ」

指示されるとむっとしたが、その通りにやり始めた。一方で、拓真はレタスやプチトマトを洗い、卵をゆでて半分に切り、サラダを作った。

炊飯器の残り時間は十五分。飯が炊けるまで差し当たりすることがないな、と拓真は「隊員、鍋の見張りを頼む」と言い置いて風呂掃除をしに行った。

浴槽を洗っていると、昌が血相変えて飛び込んできた。

「煙が出てる！」

「なんだって!?」

二人は台所に転がりこんだ。鍋は煙など上げていない。

「煙って?」

「ご飯だよ」

炊飯器からは湯気が上がっているだけだった。

「こりゃ湯気だ。煙じゃない」

拓真は噴き出した。けれども昌は切迫顔を解こうとしない。

「でもこんなに湯気を上げてるなんて、どうにかなったんじゃないの? 大丈夫なの?」

「大丈夫だ。お前は飯が炊けるのを見たことがなかったんだな」

拓真はコンセントのそばに行って、抜けたコードをつかんだ。プラグがぐにゃりと手の甲に垂れ下がった。

「抜いちゃったのか」

「だから怖……、危険だと思ったんだ」

昌は気色《けしき》ばんで言い訳した。「火事になったらいけないじゃないか」

怯《おび》えた目を炊飯器に当てている。

「そうか」

拓真の声は陽気だった。「よくやった、昌隊員。未然に防ぐというのは危機管理として最重要だ」

炊飯器からの湯気は先細りになっていく。

二人は蓋を開けて覗き込んだ。表面上はまともに炊けているように見えた。

「大丈夫そうじゃね？　食ってみるべ」

しゃもじですくい上げつまんで口に含んでみた。水分の吸収が中途半端なような気がするが、気のせいということで片づけられそうだ。食べられないほどではない。

昌はふーふーと吹いてから食べた。

渋い顔をした。

「まずい」

それでも吐き出さずに飲み込んだ。

拓真は爆笑した。腹が空きすぎていたのか、テンションがおかしくなって、笑い出すとますますおかしくなった。

深皿に飯を盛り付けた拓真は、カレーをたっぷりかけた。艶のある深い色のルーから、具がごろごろ現れる。皮付きの黄色いジャガイモは煮崩れ寸前。ニンジンも角が取れ、柔らかい。独特のタマネギの甘辛い香りがカレーに深みを与えている。レシピ通りの出来といっていいだろう。

サラダとともに居間へ運ぶ拓真の後について、マグカップとコップにそれぞれ牛乳とウーロン茶を注いだ昌も敷居をまたぐ。

さっそく拓真が大きく頬張るのを、昌は用心深そうな目で見つめた。

「あ、うめえ」

感想を聞いてから、昌もカレーライスをすくった。濃い湯気が丸く上がる。ジャガイモの皮がペロンと剥がれ落ちた。奇妙なものを観察するような眼差しを注いだ後、しつこく吹いて、おもむろに口に入れた。首をかしげた。すかさず拓真が口を挟む。

「いいか、生活ってのは時々、どぉっしょぉもない勘違いと強烈な思い込みでもしなきゃやってけねーもんなんだよ。なんでもかんでも真っ正直、体当たりでやってりゃいいーっつーもんじゃねーんだ」

確かにこのカレーは百点ではない。店やレトルトのほうが売り物だけあって圧倒的に旨い。ボンカレーにナツメグを振って七百八十円で出す「シエスタ」飯のほうが悔しいが旨い。

「この複雑な味がわかれば大人だ」

旨い旨いと食べ進めていく拓真を見ていた昌の眉間から、皺が解けていく。

「大人の味か」

「そうだ」

「大人は変なものばかり口に入れたがる」

ビールとかタバコとか、と昌はオエッと吐く真似をした。拓真の目が細まる。

「酒、飲んだことあるのか」

「ある。サトミをびっくりさせてやりたくて。でも僕はもう一生飲まない。まずすぎて死ぬかと思った」

スプーンの上のニンジンをじっと見る。

「辛いし苦いし」

目を瞑《つぶ》って大きく開けた口に放り込んだ。

「理科室のにおいがした。タバコは咳が止まらなくなって息ができなくて頭がくらくらした。気持ちが悪かった」

拓真はさらに笑った。目尻に涙を浮かべてちゃぶ台をバンバン叩いた。こんなに面白いのはいつ以来だろう。

「オレもそうだ。酒よりウーロン茶のほうがいいし、煙なら焚き火のやつのほうがいい」

「サトミにしこたま叱られた。頭、叩かれた」

昌はバレーボールでアタックするように腕を振り切った。「バーンて」

拓真は笑みをのせた顔で昌を見やった。

「あいつ、怒ったんだな――」

呟いて、へっと笑った。昌はキョトンとした。

「そりゃあよかった」

拓真は、訳のわかっていない昌の視線を鼻先に感じながら、カレーライスをモリモリ食べる。

「サトミはお前がガキだから怒ったんだ」

「何？」

「自分のガキだから、怒ったんだよ」

きれいに平らげた皿に、スプーンを転がした。昌はスプーンを握りしめたまままじろぎもせず拓真を見つめる。

「あいつ、お前がカレー作ったなんて知ったらびっくりするだろうよ。酒飲むよりタバコ吸うより度肝抜かすぞ」

昌はカレーを見下ろした。膜が張り始めているどろりとした表面。口がもぞもぞと動くが、声は発せられない。

スプーンを真ん中に挿したら、こもっていた湯気が上がった。カレーライスをすくって、ふーふーと何度も吹き、猛然と食べ始めた。鼻をすする。口の周りがルーで汚れていくので、拓真はボックスティッシュを差し出した。昌は立て続けに引き抜いて口を拭い、鼻をかむと、再び皿に突っ伏すようにかき込んでいく。

十分とかからず平らげた。

「サラダも食え」

拓真はシーザードレッシングを回しかけた。

「苦いから嫌だ」

「便通がよくなるぞ」

「今でも快調だ」

「ヒーローになれるぞ」

「葉っぱでか」

「そうだ。イモ虫だって葉っぱをしこたま食って蝶になるんだ」

「僕はイモ虫じゃない」

お前の言う通りだ、と拓真は気持ちよく認めた。「そうだ、お前はイモ虫じゃない。だから蝶にはならず、ヒーローになれるんだ」

もしゃもしゃとレタスを食《は》む拓真とサラダを交互に見やり、昌は箸を伸ばした。

「意味がわからない」

「そのうちわかるようになる」

昌はドレッシングをまとった葉っぱでゆで卵を包んだ。箸遣いは日に日に上達している。口をハムスターのように膨らませ、もしゃもしゃと噛むと、牛乳で流し込んだ。


風呂に入りがてら、拓真は洗濯機を回した。昌が来てから洗濯物の量は倍になった。

「洗濯のしがいがあるなあ」

万国旗のように夕方の風にたなびく洗濯物を惚れ惚れと眺めた。柔軟剤の香りが部屋の中に流れ込んでくる。

明日の朝には乾いているだろう。

ふと、昌のパンツのゴムが伸びているのに気づいた。

居間の掃き出し窓から、ゲームをしている昌にパンツを振る。

「ゴムが伸びてるぞ。捨てるか？」

振り返った昌は、耳まで真っ赤になってコントローラーを放り出すと、パンツに飛びついて拓真の手からむしり取った。

「新しいのなんてないから捨てるな。放っておけ！」

「買ってこいよ。金やっから」

「自分で買いに行ったことなんてない、いいから放っておけ」

サトミが買い与えていたのか。小二ってそんなもんだったっけ。拓真は自分のことを思い出す。……確かに、中二になるまで母ちゃんが買ってきた物をはいていたなぁ。

「んならオレが仕事帰りに買ってくるか。どんなパンツがいいんだ。キャラクターのやつか、イチゴがついたやつか。グンゼか、サイズはそれと同じでいいのか」

「う、うるさい！」

昌はゲームを蹴散らしてパンツを握り締めたまま居間を駆け出て行った。

取り残された拓真は頭をかいた。

ゴムの伸びきったパンツをはかせておくわけにもいかない。一番近くの衣料品店はもう閉まっているし、郊外の大型チェーン店はその衣料品店を越えたわくわくめるへんランドの向こうにあり、自転車でも三十分はかかる。スーパーならパンツぐらいあるかもしれない。ジョギングがてら行ってみた。

客が引けた店内で、レジ係の男性がレジ付近の品出しをしていた。

「子供のパンツありますか」

この若い男に声を掛けるのは初めてのことだ。店員は手を止め、静かな笑みで「ございません」と一刀両断すると、接客終わりと宣言するかのように再び作業に戻った。ああそうですか、といったん引き下がったが、試しに「子供のパンツのゴムが伸びたんです」と同情を引くように弁明してみる。店員は胡散《うさん》くさそうな目を向けた。そのような目にはおかげさまで慣れている拓真は、余裕の微笑みで切り返した。

店員は品出しの手を止め、思い出したように通路へ入っていく。拓真は彼に続いた。

「こちらにゴムがあります。パンツのゴムです。これならいかがでしょうか」

ボール紙に巻かれた白い平ゴムが、セロハンにパッケージされたものを手渡された。女児と母親のイラストとゴムの替え方の説明が添えられている。簡単そうだ。これならできそうな気がする。わくわくしながら帰宅し、早速、二階の昌の部屋へ向かった。

ドアをノックしたが返事はない。声も掛けたが物音もしない。ドアを開けると、布団に横になり寝息を立てていた。パンツを握り締めて。噴き出しそうになるのをこらえてその手からそっとパンツを抜き取る。

枕元に、赤い携帯が転がっていた。

廊下からの明かりに照らされたあどけない寝顔は、やっぱり八歳のそれだった。

一階に降りて、仏間の整理ダンスからトシ子の裁縫箱を取り出した。クッキーの空き箱だ。トシ子が死んでから初めての再会だ。

中には針や糸のほか、見覚えのあるボタンや、端布《はぬの》が詰め込まれていた。トシ子はよく、寝る前にボタン付けや鉤裂《かぎざ》きを繕っていた。

目が悪くないはずのトシ子が、針に糸を通してくれ、と拓真に頼んできたことが一度だけあった。サトミのボタン付けと、拓真の靴下の穴の繕いと、それから自身のバッグの剥がれた内ポケットをいっぺんにやっつけてしまおうと。

拓真は黒い木綿糸を難なく針に通し、トシ子を喜ばせた。

ボタンを付け、靴下の穴を繕い、内ポケットをくっつけたトシ子は、翌日。

死んだ。

真夏の厨房で、脱水症状を起こし、血管が詰まったのだった。

黒い糸を通され、針刺しに留められた針はすっかり錆びていた。

ほかの針も同様、軒並み錆びている。厨房は毎日掃除し、包丁にもサラダ油を塗って新聞紙で包んでいるので錆びさせたことは一度たりともないが、さすがに針にまでは気が回らなかった。というか、針箱があったことすら、昌のパンツの件がなかったら思い出さなかったくらいだ。

「いや〜でも一本ぐらい錆びてないのもあるんでしょ。実は奥に隠してたりするんでしょ」

我慢強く探すと、ホイルに包まれた針を見つけた。油がしみこんでいるのか、その数本に錆びは見受けられなかった。

ほうら、母ちゃんはいつだってそうなんです、困ったときには助けてくれるドラえもんなのです、と口笛を吹きながら、針の穴に糸を通した。

説明書きを読み、トシ子がやっていた記憶と照らし合わせて、新しいゴムと古いゴムの端を縫い合わせた。古いゴムを引っ張ると、新しいゴムがするすると入っていき、新旧交代した。古いゴムを切り離し、新しいゴムの端同士を縫い合わせてできあがり。

パンツを改めて干す。夜風を受けてはためく万国旗を満足げに眺めた。

翌日の夜、米をといでいると、風呂場から駆け足が迫ってきた。

「勝手なことすんなよ！」

玉のれんの下で――頭がのれんに届かないのだ――昌が怒鳴った。風呂上がり由来の湯気が、別の由来の湯気にも見える。

「なんだ、米をとぎたいのか。そりゃ悪かった、明日から米とぎ番長はお前だ」

拓真は手元から目を離さず手も止めない。手早くとがないと、糠《ぬか》の匂いが米につくと「きょうの料理ビギナーズ」の高木ハツ江ばあちゃんが教授していた。

「米とぎ番長じゃなくて！　パンツのゴム」

「ああ、どんな案配だ。きつくないか」

最後のとぎ汁をざあっと空けて、内側の目盛りまで水を注ぐ。

「うるさい、セクハラおやじ！」

「せくはらぁ？　どこでんな言葉覚えた。学校で流行ってんのか」

「自分でできる！」

「なんだ、反抗期ですか」

拓真は裁縫箱を渡した。中にゴムも入っている。昌はまだ入れ替えていないパンツを持ってくると、仏間に腰を据えた。

どうするのか、敷居の柱に寄りかかって腕を組んで眺めていると、昌はゴムをためらいなく引っこ抜いた。拓真の眉が上がる。新しいゴムをパンツの穴に通そうとして、もちろん入り口でつっかえた。何度も挑戦する。ゴムの先を縦に折って強度を出そうとしたつもりのようだが、やはり一センチも行かぬうちにつっかえる。拓真はブッと噴いた。昌が歯ぎしりした。

しばらく格闘していたが、そこが小二の限界らしい。癇癪を起こして畳に投げつけた。拓真は肩に口を押しつけてブブッと笑った。昌は畳にへばりついたパンツとゴムを、肩で息をしながら睨み据えている。そうやって睨んでいれば、ゴムが自らパンツの穴に入っていくとでもいうかのように。

拓真は風呂に入った。たっぷりの熱い湯に浸かって「ああ～」と腹の底から快楽の呻《うな》りを上げる。朝はシャワーでいいが、夜はやっぱり湯に浸からないと。自分がどんどん錆びてく気がするんだよな、リセットだもんな、と瞼を撫で上げていく湯気の感触に集中する。肩を回し、腕や足の筋肉を伸ばす。こうしておくと翌日の動きは滑らかになる。膝も入念に解《ほぐ》した。

三十分ほどで上がると、仏間で昌がゴムとパンツを両手に持って呆然としていた。

拓真は首に掛けたタオルで後頭部をこすった。首を回してゴキゴキ鳴らした。昌は呆然としたまま振り返らない。

エヘンと咳払いしてみた。拓真の存在に気づいたらしく頭がぴくりと跳ねたが、依然として振り返らない。相当な意地っ張りだ。こいつ、友達関係で苦労するだろうなぁ、と軽く気の毒になる。

は〜あっとこれ見よがしのため息をつくと、拓真は自分の部屋へ行って、サッカーパンツを手に下りてきた。昌の前に胡座をかいて、ゴムを入れ替えていく。糸の玉結びは特にゆっくりやった。昌は立ち去ろうとはしなかった。

出来上がったパンツをまた二階の部屋へ持って行って、再び仏間に顔を出すと、昌が四苦八苦しながらも同じように試みていた。

次に洗濯をしたときには、どれもみな、ゴムが入れ替えられていた。

診察室のドアを引くと、あれ珍しい人が来ましたね、とスポーツドクター兼アクションクラブオーナーの鈴木博志《ひろし》に複雑な笑顔を向けられた。

「卒業してから拓真が来るなんて、なんかあったんですか？」

拓真はヘラヘラと笑って、膝の具合が、と回転イスに腰掛けた。

自転車で転んだことを説明すると、鈴木ドクターはかつての左膝を注意深く診た。

「あ〜あ、これやっちゃったねえ」

あのときと同じせりふを口にした。

「ほらあ、普段から膝に負担かけることやってるでしょう。無理させるなって言ったでしょ。いっぺん、ブチンって切れちゃったんですよ、この膝は。切れたんです、ね？　わかりますね？　それなのに、自転車ですっ転んだもんだから、ダメ押ししちゃいましたね。ほうら、やっちゃった〜」

くいっと動かされて、拓真は悲鳴を上げ本気でこの男を殺したくなった。ドクターの口調は軽いが、症状はあまり軽くはないようだ。

「切れてないっすよね」

「当たり前でしょう。切れてたら歩けません。もう、ショーなんかおやめなさいって。歩けなくなっちゃいますよ、いいんですか？　良くないでしょう、スーツアクターなんてやんなくても今の時代なんでだって食べていけますから。体壊してまでやることないですよ」

拓真は笑顔を貼り付けたまま、うべなうことはなかった。

痛みと動きを何とかしてくれとだけ繰り返した。

「本当に意地っ張りですねえ」

呆れられた拓真は、昌を思い出して苦笑いした。

門扉の外に出たとき、交差点からスイフトが左折してきた。

拓真が道の端に避けると、目の前に停まり窓が下がった。

「あれ、拓真なしたの。うちに用なんて珍しいんでない？」

キルユー仲間の鈴木だ。

「体がなまってっから、またトレーニングに通うことにしたんだ」

「うわ、親父ビックリしてたでしょ。つか、真面目だねえ、クソがつくほど真面目だねえ。まさかまだ海賊王になるとか言ってんじゃないだろうね」

「ヒーローだ」

鈴木の目が一瞬下り、膝をなでたような気がした。

どっちでもいいよ、と鈴木は敷地内に入っていった。

遊園地に就職する以前、バイトを掛け持ちしながら通っていたのが鈴木ドクターが開いているアクションクラブだった。自宅の診療所に併設されている道場で週三回、スタントや、スーツアクターのアクションを教えていた。

拓真は小学生のときに膝を痛めて世話になって以来ずっとここに通っていた。

はじめ、クラブに入会するのを鈴木ドクターは拒んだ。君の膝では危険です、普段歩いたり走ったりする分には耐え得るけど、アクションとなると負荷の大きさが桁違いだから、歩けなくなるダメージを負うことにもなりかねませんよ、と穏やかに、それでいて断固として突っぱねた。しかし、拓真は諦めなかった。卓司が死んでからは教えてくれる人がいなかったのだ。ここで諦めたらヒーローになる夢が叶わなくなると焦った。

鈴木と一緒に帰り、毎日立ち寄った。練習を眺め、許可を得ないまま体育館の隅っこで、鈴木たちがやる動きを真似た。

ドクターは根負けした。

「血は争えないですねえ」

眉尻を下げ、弱りきった笑みを浮かべていた。

入会は許されたものの、鈴木ドクターの指導には手加減が感じられ、拓真にはどうにももどかしかった。

悔しくて、家に帰ってからその悔しい気持ちを、みんながやっていた動きをなぞることで解消していた。

おそらく、鈴木ドクターには知られていたことだろう。


土曜日。

遊園地は稼ぎ時だ。ショーが三回ある。

昌を遊園地に連れて行ってもいいが、自分が悪役をやっていると知られるのは避けたかった。そもそも、遊園地で働いていることすら知らせていないのだから。

朝食にポーチドエッグを作った。酢と塩を溶かしたお湯に卵を落としてかき回すと、あっという間におぼろ月のようなゆで卵が出来上がる。昌は自分もやりたいと言い出し、面白がって五つも作った。その最中に小指に水ぶくれを作った。一つの黄身を割ってかきたま湯にもなった。卵の殻が入った。が、昌は自分で作れたことに満足げだった。

白飯は旨かった。途中で蓋を開けたり、コードを引っこ抜きさえしなけりゃ、そこそこ食えるものはできるのだ。

上出来の飯を仏壇に供える役目は昌だ。昌はままごとみたいな小さな器に芸術的とも言えるてんこ盛りを形成した。

ポーチドエッグと飯を仏壇に供え、ろうそくに火をつける。チャッカマンを使うのも、線香を立てるのも、リンを鳴らすのも全てが興味深いらしく、いつもひとしきり遊ぶ。

「拓真」

「なんだ」

拓真は昌と自分の昼飯用にと、おにぎりを作っていた。一つがゆうに丼一杯はあろうかというのが五つ。四つは拓真の分だ。水のガブ飲みと夏ばてで飯を食えずに体力を消耗して、やめていったやつらもかなりいる。昌の昼飯はこいつと、しこたま作った朝食のポーチドエッグでいいだろう。

「この写真のばあさんが持ってるバッグ」

昌が仏壇のスナップ写真を指した。

トシ子が、腕に掛けているのは茶色のハンドバッグ。よくある量産品だ。

「それがどうかしたのか」

「サトミが使ってたやつだ」

昌は部屋を出て、すぐに戻ってきた。手には写真と同じものが提げられている。キャバクラのロッカーから引き上げてきたものだ。内側を覗くと、剥がれたポケットが黒い糸で縫い付けられていた。

拓真は胸を衝かれた。

「これ、おふくろのものだったのか……」

昌は写真のばあさんとサトミを見比べて、繋がってるんだ、とバッグに視線を落とした。


握り飯を持って家を出た。弁当持参なんて、何年ぶりだろう。

自転車に乗った小学生が歓声を上げて追い抜いて行く。

自転車があれば、昌もあいつらの仲間に入れるかもしれない、と心当てした。

午前中に一本のショーをこなした。正直、てんで駄目だった。膝を伸ばしきれていなかった。蹴りを避ける際にはよろめき、パンチを繰り出すときには、膝の痛みのせいで力ないスローモーションになったり、ファッキューから一人分も離れた手前でパンチを止めたり。そっくり返って体を捻ったのちに倒れるはずのシーンも、ただただ倒木みたいにばったり倒れるだけ。バク転はふんころがしに転がされるふんだった。

探り探りやっているのを察してか、子供たちの声援にもどことなく影響し、白々しい空気が立ち上っているのは明白だった。

ショーが終わって舞台裏に引っ込むや否や、ファッキューがプレハブに蹴りを入れ、サッシを力任せに開けると、足を踏み鳴らして入り、勢いよく閉めた。

プレハブが、震えた。

一度もこちらを見なかった。

キルユーメンバーは一瞬だけお互いの目を見合わせたが、自分たちのプレハブに入ると、豊田と本田はすぐに拓真をこき下ろした。もう相当怒ってんじゃん、あれまじぃよ、いやまじでまじぃよ、どーすんのあれ、どーなんの。お前のせいじゃん。てか、どうしたんだよ。何びびってんだ。腹具合でも悪いのか。見たかあの白けっぷり。子供らが白けるとこっちも恥ずいじゃんか。

「まあ、そんくらいでいいだろ」

鈴木が間に入って取り成したが、拓真も意地を張って、うるせえよ、わかってるよと怒鳴り返し、冷却スプレーを浴びることもなく、温《ぬる》くなったペットボトルと冷蔵庫に入れるのを忘れた握り飯を手に、外へ出た。

つばさがいた。

「おわっびっくりした」

拓真は飛び退《すさ》って、「何してんの。ここヒールの控え室だけど」

親指で指し示したが、つばさは特に動じなかった。

拓真は「入らないでください。芝生が泣いています」と書かれた低いプレートをまたいで芝生へ踏み込んだ。つばさがついてくる。

コナラの木陰に座った。どこへ行っても暑い。

つばさがそばに立って見下ろした。

「あんた、具合でも悪いの」

「何が」

「体調」

「おーおー、人のこと心配できるなんてやっぱりヒーローだなあ、立派立派」

尊大に皮肉を放ってやった。

おにぎりを包むホイルをむしった。ソフトボール大の握り飯は海苔で隙間なく包んである。梅干がなかったので、ごま塩結びである。

目いっぱい口を開けてかぶりついた。

つばさは不機嫌な顔で見下ろしている。

「食う？」

歯型のついた握り飯を差し出してみる。腹が減っている猛獣には食い物を与えれば大抵が機嫌を直すものだ。が、握り飯を一瞥したつばさはイライラと髪をかき上げ、つま先をパタパタさせるばかり。

「攻撃を避けたとき、体が安定していない。蹴りは加減して出してくるし、パンチもまるで踏ん張れてない。見たでしょ子供たち。あの子たちはすぐに察して全然乗ってこなかった」

「よく見てるねえ。惚れられても困るわー」

つばさが目を剥いた。

ずば抜けた蹴りを脇腹に食らった。拓真が転がる。

「んぐぅぅ……」

「あんたクビになるかもしんないんだよ」

つばさは「入らないでください。芝生が泣いています」の看板を怒りに任せて蹴っ飛ばしへし折ると、大またで去って行った。

拓真は倒れたまま二つ目の握り飯を頬張った。

市販のより柔らかい。米粒が潰されておはぎみたいになっている。力を込めすぎなのだ米だけに、とちょっと笑った。脇腹が痛み、鼻に皺を寄せた。

——春は牡丹の花が咲ぐがら「ぼた餅」、秋は萩の季節だがら「おはぎ」。萩さば「秋」という漢字が入ってらべ——卓司の声がセミ時雨《しぐれ》の中に蘇る。

彼岸だった。

オレンジ色の甘い日差しが斜めに横切る厨房で、おはぎ好きな卓司のために、トシ子は飯を潰し、小豆を煮ていたのだ。サトミは台所の上がり口に腰掛けてその背を眺めていた。拓真と卓司は居間で筋トレに励んでいた。卓司は転職してからも変わらず拓真にアクションの稽古をつけてくれていた。ジャンプした後、後方に寝転がり、反動をつけて飛び起きるとか、まっすぐ飛び跳ねつつ一回転するとか、蛍光灯の紐を蹴るなどというトレーニングをやった。決めポーズに移るときは素早く、決める寸前に力を溜めてゆっくり。歌舞伎の見得《みえ》のようにすると映える、など。

疲れると、サトミを挟んで座り、小豆ができるのを待った。

トシ子を手伝うこともなかったし、トシ子が手伝えと要求することもなかった。トシ子は口元に笑みを浮かべ、鍋と呼吸を合わせていた。

小豆は大鍋の中で、こふぷこふぷと笑っていた。

ジャムと要領は同じだという。

春には木イチゴのジャム。夏にはトマトや黒スグリジャム、秋はリンゴやモモジャム、冬はカボチャジャム。そのときに手に入った果物や野菜をジャムにした。時に牛乳と生クリームでミルクジャムを作ることもあった。ミルクジャムはキウイやレモンジャムのような酸味の強いものに混ぜると、いい具合にまろやかになり、それだけでおやつになった。サトミは

「不思議の国のアリスが食べていたのはきっと手作りのジャムだったんだ」という自分の見解に自信を持っていた。市販のジャムでは単に甘いだけ、しかも甘すぎて一瓶平らげるのは無理だからと。

ジャムが煮えている時間はとても穏やかに流れていった。

台所の上がり口に腰掛ける人数は一人、減った。

趣味から生業《なりわい》になってもジャムの煮方は変わらなかった。

ことことことホーロー鍋が音を立てると、トシ子は「いい声だねぇ」と目を細め、耳を澄ませた。

――ああいい湯だなあって喜んでるよ――。

ジャムはいつだって機嫌がいい。

漢字の「萩」と「荻」の区別を、拓真は未だにつけられない。

ショワショワとコナラの葉が揺れ、木漏れ日が顔をくすぐる。

「もう、瀬戸ちゃん、ちゃんとやってよお。あれだば評判ガダ落ちだべさ。なに、なんがあったわけ」

元々そう評判があったショーでもないくせに園長っつー生き物は常に深刻に考えるな、と拓真はぼんやりと説教とも愚痴ともつかない園長の話を浴びている。ひょっとすると、このオヤジは、靴下を右からはくか左からはくかですら、前日から悩むんじゃないだろうか。なんでもかんでも深刻に考えるからそんな頭に成り下がったんだろ、とも思い至る。

拓真は、さらさらと汗が流れるのに任せている。一方の園長は右手にタオルを持って始終顔を拭き、左手の扇子で忙《せわ》しなく扇ぐ。腱鞘炎《けんしょうえん》になりゃしないかと、拓真はにやっとした。

「瀬戸ちゃん、自分の立場わかってる？」

拓真が笑ったことで園長はむっとした。

「この暑さですもんね、扇風機だけじゃしのげませんよ」

拓真が訳知り顔を作ると、さらに園長の不興を買った。

「暑さのせいだけでねのよ、瀬戸ちゃん」

「太さのせいですか」

「瀬戸ちゃんのせいでしょうが！」

またしてもタオルを投げつけられた。酸っぱいような糸を引くような臭いと湿っぽさに、胃液がこみ上げてくる。

「今度またなんがあったら、沼掃除さ回ってもらうすけな」

午後のラストステージが始まろうというときだった。

拓真の腹が不穏な音を立てたのを、プレハブの中にいた全員が聞いた。

拓真は脂汗をかいて便所に駆け込んだ。

濡れたコンクリートとアンモニア臭のする高温多湿の個室で唸《うな》り続けた。唸りはやがて念仏に変わるほど、腹の調子は急激に悪くなっていく。

メンバーの一人、鈴木が呼びに来た。

「拓真、もう始まるけど」

「わかってるよ。つか普通『大丈夫か？』じゃねーの」

「ダイジョーブカ」

「うるせ、お前が腹下せ！」

怒鳴ると便所中に放屁の音と凄まじい臭気が広がった。鈴木は「オレを殺す気か、この野郎」とドアを何度も蹴っ飛ばした。

「何だよ急に手作りの握り飯なんか持ってきちゃってさあ」

「放っとけ」

昌の口調がうつった。

ドアの向こうがつかの間静かになった。だが、気配はある。

「もしかして、拓真、子供できた？」

言葉を投げ掛ける相手を間違えたら問題になりかねないことを、鈴木は聞いた。

「はい？」

「やっぱりな」

「おいおいちょっと待てよ。この腹痛はそれとは」

「見たやつがいる。子供をチャリの後ろに乗っけて走ってる拓真を」

あれは妹の……と釈明しかけると、「辞めるつもりか？」とおっ被さった。

「何言ってんだよ。あー腹痛ぇ。いだだだだ」

マフラーがイカレたバイクのような音が尻から漏れる。このまま爆走できそうだと拓真は思った。昔そういうアニメのヒーローがいたらしい。牛丼好きという設定だったそうだ。

「この仕事給料安いし」

「辞めるって、鈴木あのなあ」

前屈みのままドアに縋《すが》るような視線を当てる。汗が流れ落ちて足の間に黒いシミを広げていく。

「辞める前に園長に相談してみろよ。扶養手当とかなんかあんだろ。給料もイロをつけてくれるかもしれないし」

「扶養手当だあ？」

じゃーな、と鈴木はドアを一発殴ると、駆け出していった。

遠ざかるスニーカーの音を聞きながら、扶養手当をもらうヒーローがどこの世界にいる、と思った。

いきなり年食ったような、所帯擦れしたような気分になる。そうは言っても、確かに安月給で自分と子供の口を過ごしていけるのか。養育費として国から補助を得ているからかなり助かるものの、成長していけばそれだけじゃ絶対に間に合わなくなるだろう。それに経済的なことだけじゃない。これから先、いろんなトラブルが出てくるはずだ。そいつにオレは対応しきれるのか？

え、何コレ。もしかしてオレ、弱気になってる？　オレは昌を引き取って後悔しているのか？


結局ショーには出られなかった。

三人で四人分の働きをしなければならなかった面々は一様に不機嫌になり、ショーの内容もおざなりに終始した。

ショーが終わったのを見計らったかのように、拓真の腹も鳴りを潜めた。

豊田と本田は、拓真にあまり話しかけることはなかった。鈴木は拓真を気にかけていたが、ムッとしている二人に気兼ねして、やはり声をかけることはなかった。もし、拓真が辞めるようなことになれば、残った二人との間でやっていかねばならないわけだから、あまり拓真に肩入れすると自分の立場も危うくなると懸念しているのだろう。

就業時間が終わり駐車場へ向かうと、つばさの姿があった。小柄なのに姿勢がいいから背が高く見える。凛としたその佇まいはまさにヒーローだった。

拓真は視線を逸らして自転車の鍵を解除した。つばさが近づいてくるのが視界の隅に見えた。

自転車の向こう側につばさが立った。

「クビ？」

腕組みをして、首を曲げている。ヒーローの仕草だ。

拓真は身を起こし、彼女を真っ直ぐに見た。

オレの憧れのヒーロー。オレがずっとやりたかったヒーロー。

一瞬、胸を横切った強い嫉妬《しっと》が目に現れたらしい、つばさの顔が強張ったのがわかった。

拓真はすぐにいつもの弛緩した顔に戻し、「クビじゃありませえん」とおどけてみせた。

つばさの肩から緊張が抜けた。

「つばさチャンはさー、ヒーローやりたかったの？」

「つばさチャン、はやめろ。やりたかったよ、憧れだったから」

「ヒロインじゃなくて？」

「ヒーローのほうが逞《たく》しくてバイタリティがある。昔、ヒーローに助けられた。中年のおっさんだった」

つばさは拓真の目を射抜くように見つめた。

落葉樹に広く囲まれた駐車場は、超音波に似たセミ時雨で満たされ、うっかりすると魂をのっとられそうになる。

「あんた、どうしてそんなにヒーローに拘るの」

「誰だってヒーローにはなりたいもんだろ」

拓真は瞬きをするふりをして目を逸らし、首の後ろをかいた。

「つばさチャンはここのヒーローの仕事、どうやって見つけたの」

「募集が出てた」

「どこに？」

「職安に」

「職安かあ、行ってねえなあ。これからは行こうかな」

「……やっぱりクビになったんだ」

「なってませんってば」

「下見に来て決めたんだ。ショーの中で、あんたが一番キレがあった。間合いも完璧。待ちの動きも目配りも油断なくて。声優の声にずれもなくぴたっと吸い付いてくる動きは真似できないよ、上手かった。本物のヒールだったんだ」

本物のヒールと太鼓判を押されて、拗《す》ねたような拓真の横顔につばさは続けた。

「だからあたしはあんたと同じ舞台に立ちたいって思ったんだ」

ファッキューを担当していた先輩が家族を持ち、収入の少ないスーツアクターを辞めるとなったとき、すぐに新しいファッキューが採用された。もちろん、拓真は園長に直談判した。ファッキューになるのは元からいたメンバーが妥当だろう、てゆーか、オレだろ、と。だが園長は突っぱねた。

「瀬戸ちゃんたぢは、はあ四人で編成も型も決まってでらし、あうんの呼吸で今までやってきたんだすけ、そごさ新しい人入れでも上手ぐいぎっこねよ。かえってフォーメェションが悪ぐなるだけだし、新しぐ一がら教え込むのだば、一人もののヒーローばやってもらったほうが楽なわげ」

初めは園長の采配に腹を立て、とうてい承服なんかできなかった拓真だが、新入りははしっこく動き、こちらの動きもよく読んで柔軟に対応できていた。オーバーなアクション、決めポーズの静止や子供への愛想の振り方も加減をわかっていて、子供たちをどんどん惹きこむ力があった。拓真は悔しいながらも、ああこいつがファッキューでよかったんだ、と感心し、納得せざるを得なかった。

「……辞めるつもりなの、ここ」

つばさが探るような目を向ける。

「さあ」

「あんたこそどうやってここの遊園地に入ったの」

「親父の同期で、アクションクラブってのをやってる人がいるんだけど、その人んとこに習いに通ってたの。小学生の頃からずっとだ。ここでスーツアクターを募集してるって話をその人を通して聞いて面接受けたんだ」

あのとき、本当はやらせたくないんですけどね、と鈴木ドクターは渋り、また、内心はやってほしいんですけどねと笑った。

——拓真はうちの息子と違ってセンスがありますから、ただただここで稽古つけてるだけじゃもったいないですしね。僕も揺れてるわけですよ、恋する乙女並みに。

「それで採用されたんだ」

意外そうな顔をしたので、拓真は「筆記試験がなかったからな」と先手を打った。

「ああ、どうりで」

わかっていても、納得されると悔しい。

「あたしのときはあったからね。あんたがきっかけで筆記試験導入したんだろうね」

「返す返すも憎たらしいヒーローだな……じゃあね」

ペダルを踏み込んだ。

辞めるわけねえだろ。ヒーローになるまで辞めるわけねえだろと奥歯を噛み締めた。

——沼掃除してもらうすけな——。

自転車がキィキィと物悲しい音を出す。

油、差さなきゃ。

ヒーローにもなれず、沼掃除で飼い殺しにされるぐらいなら、ほかの職場に移ったほうがいいのだろうか。

ああ、しっかしうるせえなキイキイキイキイキイキイ。

前輪に衝撃を受けてつんのめり、拓真はハンドルを飛び越えて転がった。

車道と歩道を隔てる柵にまっしぐらにぶつかっていったらしい。

通りがかった人が避けていく。後輪がカラカラ回る様に、恐山《おそれざん》の風車が想起させられた。

――あんだもう酔っ払って自転車乗ったら駄目なんだって。立派な飲酒運転なんだよ――。

威勢のいいがらがら声に顔を巡らすと、茶色のゴムのサンダルが見えた。視線を上げるときついパーマの恰幅《かっぷく》のいいおばちゃんが拓真を厳《いか》めしい顔つきで見下ろしていた。知らない人なのに知っているような気がする。

拓真は思わず笑った。

――やだね若いのに日も暮れねうぢがら酒飲んでほんとにもー。何、なんがあったの？　どんだけ飲んだの、え？　ほら立でる？――。

腕を引っ張られ起こされた。おばちゃんは拓真の体を叩いて埃を払った。

――けがはねど？　あれ、膝なした。ぶつけだど？　大丈夫だのが？　後悔先に立たずって言うんだがら気をつけるんだよいいねわがったね――。

「後悔……」

脳裏に昌が浮かんだ。

拓真は視線を左膝に移した。

――じゃーね、おばちゃんは忙しいんだ、夕飯の支度放っぽってワサビ買いさ出だんだがら早ぐ帰んねと刺身が腐ってまるんだよ――。

おばちゃんは公衆に夕飯の献立をがなりながら、足早に去って行った。

自転車を起こした。

自転車に乗った小学生男子が競争しながら走り抜けていった。

楽しそうだなあ。うちの小学生はどうしてるだろうか。友達はできただろうか。それともまだ一人の帰り道だろうか。

拓真は前のめりになって腿に力をこめた。小学生にぐんぐん迫り、抜き去り際「ばーか」とからかった。


「うちの小学生」は洗面所の洗面ボウルをメラミンスポンジで熱心に磨いていた。洗面ボウルのくっきり半分がピカピカになっている。拓真が帰ってきたのにも気づいていないようだ。ゲームをしていないことに驚いた。

「よう」

声を掛けると、昌はマンガみたいにびくりと跳ねて振り返った。

「すげーな、超ぴかぴかじゃん。新品みてーだ、園長の頭のようだ。やるなあ昌隊員」

称えられて昌は、頰を鮮やかに染めた。

昌を見たら煩悶が散った。

何をぐちゃぐちゃ悩んでんだ、オレは。

昌のことも、スーツアクターになったことも後悔などしない。

大丈夫だ。問題なんかない。

「じゃあ次は風呂を磨いてくれ」

「調子に乗るな」

昌は大きな足音を立てて洗面所を出て行った。

拓真は早速夕飯の準備に取りかかった。ささ身を開いて、塩コショウで焼き付けたものと、残ったジャガイモをバター醤油でソテーしたものを盛り付け、みじん切りにしたタマネギとマヨネーズを混ぜたソースをのせた。キャベツをざく切りにして塩もみした後、ユカリと和えた。市販のドレッシングでもよかったが、あの手のものは何か理科っぽいものをあれこれ投入して小細工しているらしい。子供の体は発展途上だし、大人の半分しかない。大人ならばいいものが、子供にはよくないことがある。簡単で旨いから全く使わないってことはあり得ないけど、頻度を減らすことならできそうだ。惣菜パーティみたいに。

あー、オレどんどん所帯じみていくなあ。主婦化していくなあ。ヒーローからどんどん遠ざかっていくなあ。それなのに。

拓真は鼻歌を漏らしていた。

居間へ顔を出したが、昌の姿がない。ゲームは電源を入れたふうもなく、コントローラーがほっぽり出されている。サトミの部屋を覗いた。敷きっぱなしの布団の枕元に赤い携帯が残されていた。

フラップを開いてみた。

サトミと昌が頬を寄せている画像が、待ち受け画面に設定されていた。昌は今よりずっと幼い。幼稚園の年長ほどだ。

サトミは柔らかく大らかな笑顔だった。

拓真は、長い間画面に視線を落としていた。

それから電話帳マークの上に親指を置いた。

風呂場から水音が聞こえた。

ああ、なんだあいつは風呂か。居場所がわかると安心した。

こんな小さい家なのにどこへ行くというのか、とツッコみ、苦笑した。

電話帳を開かずにフラップを閉じた。

すっかり乾いている洗濯物を取り込んでいると、膝の上までジーンズを捲り上げた昌が、はだしで廊下を渡ってきた。拓真は洗濯物を抱えて居間に上がった。

「昌、飯だ。運んでこい」

昌は鼻をひくつかせ、台所へ急ぐ。洗面所から出て行ったさっきの足音と同じだ。なんだ、あいつはさっきも嬉しがっていたのか、と目から鱗だった。

拓真は洗濯物を居間で畳みながら昌がすることを眺めた。

昌はまず盛り付けられた皿を盆に載せ、慎重に運んできてちゃぶ台に並べると、いそいそと台所へ戻ってしゃもじを片手に炊飯器を開けた。

固まった。それはもう茶碗によそったまま一週間ほど放置したご飯粒ぐらいガッチリ硬くなっていた。

「飯は、あれだ、冷蔵庫のジップロックに入ってる」

拓真が教えると、昌は後ろ頭で頷いた。ジップロックには昌の分しか残っていない。

昌は一人分しかないご飯に苦渋の視線を落としている。

「夕飯、オレの分はいいんだ。お前はちゃんと食えよ。ソダチザカリなんだからな」

昌は振り返り、難しい表情を残したまま首肯した。

向かい合って座り、二人ともテレビに顔を向ける。

風鈴が、近くのスイカ畑を通って吹いてくる風に機嫌よく歌っている。

一口頬張って、拓真は歓声を上げた。

「んまっ。すげーなオレ。天才じゃね？　旨いだろ？　もしかしてこっちの才能あるかもな。

クビになっても食い物屋でやっていけるかも」

昌はテレビから一瞬だけ拓真に視線を当て、すぐにテレビに戻した。テレビでは食事を与えられず餓死した幼児のニュースが流れている。拓真はリモコンに手を伸ばしたものの、チャンネルを変えないままその手を引っ込めた。

もそもそと食べる。

「イチゴジャムにさ、ガラムマサラを加えると、こいつのソースになるんだ」

ささ身とジャガイモのソテーを箸で指す。

昌が顔を振り向け、首をかしげた。

「マダムマサコ？」

「そりゃどこの御婦人だ。そしてなんか昭和くさい」

「ジャム……」

昌が皿に遠い目を落とす。

ニュースが夏休みレジャーの話題に切り替わった。

「クビか？」

昌がささ身ソテーを囓って静かに尋ねた。

拓真は自分がたった今言ったことを聞き返されたとは思いもよらず、嫌な顔をした。

「お前まで、クビって言うなよ」

「何の仕事をしているの」

「キル……」

言葉を飲み込んだ。ちびっ子たちに「死ね」と投げつけられる仕事だと答えるのか？　たまに温いコーラも投げ付けられるんだ、と？　翌日ゴキブリが集っていたやつを着てるんだ、と？

「昌、自転車ほしくねえか」

話を逸らした。昌が目を丸くした。まったく予想外のことを言われるとこういう顔になりますというお手本のような顔だ。

オレはちびっ子から「死ね」と叫ばれてももう、口をぽかんと開けることもない。昌の口から鶏肉が転がり落ちた。昌は反射的に手づかみで拾って口に放り込んだ。

「いらない」

「ほかのガキどもは乗り回してるだろ、昌も持ってたら一緒に遊べるじゃねーか」

「いらない」

「自転車がありゃ、友達もできるさ」

昌がすっかり動揺した顔を上げた。

「と、友達ぐらいいる！　ナメるなっ」

　血相変えて息巻くと、箸をちゃぶ台に叩きつけて、昌はさっと立ち上がった。夕飯を半分残したままゲームの電源を入れる。

「おいおい、飯は」

「いらないって言ってるだろ！」

　そりゃ自転車の話でしょーがぁ、と内心ツッコみ、

「あ、そうですか。夜中に腹減っても知らないからね」

　一応の忠告にも昌は背を向けたままで耳を貸すことはない。

「こんな話を聞いたことがあったなあ」

　拓真は独り言を装った。「子供が夜中に冷蔵庫漁《あさ》りをしていると、不気味なババアがどこからともなく現れて」

　昌が青い顔で振り返った。拓真は言葉を区切った。

「ババアがどうしたんだって？」

　体をもじもじさせて、完全にびびっている。

　徘徊しておりました〜、と茶化すわけにもいかず、

「わしの好物みっけ〜、と歯のない口で笑い、子供を丸呑みしました」

「ま、丸呑みされたって？」

絶句した後、思いついたようにハッとし、眉をひそめた。

「その子は死んじゃったのに、どうやってその話を聞けたんだ」

「親が目撃したんだ。ババアは呑み込むとあっという間に闇に溶けてしまった。子供は二度と帰ってこなかった」

昌がすっ飛んできて、残りの夕飯をかき込んだ。束の間、拓真は呆気《あっけ》に取られていた。昌の咀嚼《そしゃく》する音と、垂れ流されるゲームの音楽だけが空間を埋めていく。

昌は飲み込むとすぐに食卓を離れ、何事もなかったかのようにゲームを再開した。


拓真が台所仕事を終えてもまだ、昌はゲームに熱中していた。

「おい、いい加減ゲームは飽きただろう」

「飽きてない。姫が僕を待ってるんだ。僕の力が必要なんだ」

「え、何言ってんの。本気？　ねえそれガチで言ってるの？」

昌が白い目を拓真に向けてきた。拓真は小馬鹿にする笑みを返した。

「へえ、ほんとにいるんだなあ」

「うるさい。どっか行け」

「おいおい、拒否ですか。自分の世界に土足で踏み込まれるのは許せないって、アレですか」

冷やかしを昌は黙殺した。画面をどんよりとした目で見つめ、両手の指を、目にも留まらぬ速さで動かし続ける。

拓真は腕組みをし、しばらく昌の背後に佇んでいたが、やがてそれにも飽きて外廊下に座ると足の爪を切り始めた。

銃が発射され、衝撃音爆音が響く。ゾンビの悲鳴は、長いゲップのようだ。

「あ、痛っ。ちくしょうめ、深爪しちゃった」

顎を膝にのせたまま拓真は舌打ちして、背後の昌をちらりと見た。昌は猫背で画面に集中している。拓真は半眼になり、口を尖らせた。

全部の爪を切って、再び昌を振り返る。さっきから一ミリたりとも変化のない同じ姿勢だ。デジャヴを見ているようだ。だが、そうでない証拠に時計の針は進んでいる。

拓真は立ち上がって伸びをした。

「ちょっと散歩してくるわ。昌も行かないか」

昌はゲームに没頭している。

「ゾンビなんてなあ、ぶっ潰さなくても放っときゃあ、そのうち腐って仕舞いだよ」

無視だ。

「姫ってのはなんだ。牢獄に監禁でもされてるのか。ただただ助けを待つだけなのか。自分で何か抵抗はしたのか」

ガン無視だ。

「じゃあオレ散歩行ってくっから。何か飲みたいものあるか、カルピスか、ヤクルトか、タフマンか」

とことん無視だ。

拓真は自分の部屋へ行き、ジャージに着替えると、居間の前を素通りして玄関へ向かった。鉛が仕込まれたスニーカーに足を入れると「コーラ」と棒読みのオーダーが居間から投げつけられた。

「うるせえ、誰が買ってくるか」

拓真は舌を出して、外に出た。

入念にストレッチして走り出す。

階段や坂のあるコースはこの前から省いていた。町内をぐるっと回って二十時に閉まるスーパーに寄った。

客はまばらだった。二台あるレジの一台だけ開き、この間と同じ若い店員がレジ前のガラスケースにタバコを詰めている。

ペットボトルのコーラとウーロン茶を手にレジに向かう。

地元農家が卸しているちょっとした青果コーナーが脇にあって売れ残った黒スグリのパックが目に入った。


汗だくで戻ってくると、依然としてゲームの音が聞こえていた。居間を横切り台所へ入る。

「まだやってんのか、飽きねえなあ。そんなに座ってちゃ、尻の皮が剥けるぞ、痔《じ》になるぞ」

「痔」

昌が青い顔をして振り返った。「それ本当?」

「……本当だ」

拓真は神妙な顔をして頷いた。レジ袋をガサガサさせながら買ってきたものを冷蔵庫に入れたり調味料棚にしまったりする。

「オレの知り合いの長距離運転手はイボ痔になっちまった。素敵なボラギノール日々を謳歌している」

昌が尻をもぞもぞさせた。

「それにな、尻に根が生えるとも言われている」

「根? 都市伝説だろ」

精一杯虚勢を張っている。

「キノコが生えたという事例もある」

昌の顔が輝いた。

「キノコ？　じゃあマツタケも生えるのか？」

しまった、逆効果だった。

「いや、尻にマツタケは生えない、前のほうにならば生まれつき生えている者も地球上には約半数いるがな。あ、なんか話がグローバルになってるんですけど、オレ今すっげーカッコイイこと演説してなかった？」

昌は冷めきった軽蔑の眼差しで拓真を射抜いた。

「ほら」

レジ袋からコーラを昌へ放った。昌は手を伸ばしたが、受け取りそこなって畳にバウンドさせた。

「お前……とことんにっぶいなあ。そんなんじゃ有事の際に生き延びれないぞ」

「ゆうじのさいって何」

「だからたとえば、宇宙人に襲われたり、食中《しょくあた》りで死に物狂いでトイレに駆け込まなきゃならないときとか、ほら、この前ニュースでやってた中学生にカツアゲされたりしたときとかだよ」

昌は興味もないとばかりに、大人びたため息をつくと、蓋をひねった。

盛大な噴水が吹き上がり、昌はコーラを頭から被った。

拓真は昌を指して容赦なく笑い転げた。

「やべえ、お前超面白ぇ。次はシャンパンにすっか、ぎゃははは」

息も絶え絶えな拓真を凍てつく視線で見下ろして、昌は風呂場へ引っ込んだ。

拓真が畳を拭いていると、昌が上がってきた。敷居の上に立って眺めていたが、頭に被ったバスタオルを取ると、それで畳を拭き始めた。

「もういいよ、だいたい終わったから」

拓真は笑いを残したまま、雑巾をバケツに放り投げた。昌は顔を隠すようにしてしつこく畳を擦っている。

「そんなにやったら畳に穴が開いて、こんにちはブラジル人だぞ」

昌がさっと顔を上げた。

「本当かっ」

目が輝いている。

「……まあ、ブラジル人はアレだ、気分屋だからな。出るか出ないかはそのときの天候交通事情町内会行事にもよる」

そうか……、と昌は真面目な憂い顔をした。

こいつ、本当に面白いな。ほかのガキもこうなんだろうか。拓真は噴き出さないよう頰の内側を噛んでこらえた。

その日の風呂場はぴかぴかで、湯がミネラルウォーターのように澄んでいた。


水曜日は公休だった。遊園地の定休日は月曜で、ほかに、月二日、休みが割り当てられている。拓真たちが休みの日はショーも休みだ。

拓真は休みの日でも同じ時刻に起きる。起きてからすることも同じ。仏壇にウーロン茶を供え走って厨房を掃除してシャワーを浴びて朝食を作る。

ガス台に面した窓から白い日差しが差し込んでいる。今日も暑くなりそうだが、北の夏は湿気が少ないおかげで爽やかだ。タイマーをセットしていた炊飯器が蒸気を上げている。

余っていたジャガイモとニンジンをスライサーにかけあっという間に千切りにしたら塩コショウでザッと炒めた。大きめの器にこんもり盛り付けて白ゴマを振る。

飯が炊けた。

「おーい、昌ぁぁ、起きろー。てめえ学校だろぉ」

小鍋に湯を沸かし、出汁味噌を溶かし乾燥ワカメを放って二階に向かって声を張る。

高木ハツ江ばあちゃんのテキスト通りにオムレツを作っていると、昌が目をこすりながら降りてきた。その目が腫れている。

「おはよッ」

「よッ」でオムレツを返した。ぱふんと、完璧な半月形のオムレツがフライパンに着地する。バターたっぷりの黄色いオムレツを返した。

昌は玉のれんの下から動かず、拓真のすることを観察している。

「なんだその目は。ぶっ細工だなあ」

「放っとけ」

手に赤い携帯を握り締めていることに気づいた昌は、慌てて背中に隠した。

「顔洗って、準備しろ。忘れ物するなよ、オレは届けてやんねえからな」

二つ目のオムレツを焼く。

昌は居間のテレビの前に座ると、ゲーム機のスイッチを入れた。

「おいこら、がっこーだべ」

拓真はオムレツを返しながらぶっきらぼうに言った。艶のある表面から上機嫌な湯気が立ち上り、いい具合にキツネ色の焼き目がついている。

昌の返事はない。代わりにバズーカや銃の音が激しくなる。

「今日は創立記念日か？」

「……うん」

「嘘つけ」

「……」

だんまりを決め込む。細く青白い首に根元が黒い金の猫っ毛がかかっている。

拓真は時計で時刻を確認した。

「おい、いいから飯を食え。ゲームは後だ」

口調を強めると、昌は渋々ゲームをやめ台所に入ってきた。食器棚から茶碗を二つ取り、それぞれにご飯をよそう。仏器にもよそい、居間を抜けて隣の仏間に入った。

ろうそくと線香を立て、リンを鳴らす。

いつもより時間をかけてじっと手を合わせていた。

拓真は携帯を取り出して登録してある番号を呼び出した。相手は二コールで出た。

「二年一組の瀬戸昌ですが、今日は休みます。はい？　理由？　ええーっとぉ……たぶん風邪だと思います」

頬をかきながら、それではよろしくお願いします、と電話を切ると、昌が仏間と居間の境から拓真を見つめていた。拓真は昌から目を離さずフラップを閉じた。

昌は口を真一文字に結び、なぜか挑むような目つきでまっすぐ台所に入ってくると、ご飯やオムレツなどを盆に載せて居間へ運んだ。

中身が半熟とろとろのオムレツは大成功なのに、昌は半分でやめた。残りを拓真が食べようとすると、やっぱりよこせ、と結局平らげた。

食後、洗った食器を拭いている昌の隣で、拓真は冷蔵庫から黒スグリのパックを取り出した。スーパーで求めたものである。真っ黒に完熟した実はブラックダイヤモンドだ。

最後の皿を拭き終わった昌が、拓真のすることをじっと見ている。

拓真は黒スグリをザルに空け、丁寧に流しで洗いながら、完熟したもの、無傷のものを選び出す。昌が横からおずおずと手を出して、同じように選別し始めた。

「ホーロー鍋」

昌に向けて声を放つと、昌はそうするのが当然のように、拓真の足下の扉を開けて手前のアルミ鍋を取り出した。

「違う、白くて赤い蓋の厚いやつ。赤とオレンジの丸い花が描かれたホーロー鍋」

八年間、一度も目に入らなかったのに、すらすらと形状を口にしていた。昌は再びしゃがんで奥に体を潜り込ませる。ホーロー鍋は一番奥に押しやられているのだ。

がさごそやっている音がやんだ。

拓真がかがんで覗き込む。昌が触れているのは、拓真の求めたホーロー鍋ではなく、手前の、白い本体にあじさいがプリントされた、緑の蓋の鍋だった。

ああ、オレこれも引き上げてきたんだっけ……。全く無意識だったが、サトミのアパートにあった鍋を持ってきたらしかった。

昌が振り返った。腫れぼったい瞼の奥の目が揺れている。自分の中の切ない懇願を自覚しているだろうか。

「緑のやつにしよう」

昌は表情を明るくさせ、鍋を抱いてすぐに体を引き抜いた。

夏の日差しを受けたホーロー鍋は、焦げ付きもなく、代わりに使い込んだ無数の傷が味わい深さを醸し出し、コクのある輝きを放っている。

トシ子が趣味としてジャムを煮るときに使っていた鍋は赤と緑の二種類だ。店をやり始めてからは、クリームイエローの業務用鍋ばかりを使っていて、これらの小型の鍋はもっぱらシチューやカレー、温野菜に使われた。

ただ、大きい鍋を使ったからといっても、せいぜい六分目までしか材料を入れなかった。

目が行き届く限界がそれぐらい。身の丈にあった分量が一番おいしくできる、とトシ子は口にしていた。

黒スグリを鍋に空けると、コロコロといい音で跳ねた。砂糖を加え、木ベラで潰し、ガスを弱火と中火の間に絞る。

「昨日から仕込んでおけば煮えやすかったんだけど、まあ別にいいか。時間もたっぷりあるんだし」

昌がホッと息を吐いた。

フツフツと沸いてきて、甘酸っぱい香りが立ってくる。木ベラでゆっくりとスグリを底から剥がすようにかき混ぜる。かき混ぜるのは焦げないようにするためで、かき混ぜすぎたり、煮る時間が長すぎたりすると色が濁ってしまう。

紫黒《しこく》色の艶やかな表面がプツプツと泡立つ様に視線を吸い寄せられている昌は、無意識なのか、口を尖らせて「ぷつ、ぷつ、ぷつ」と泡に合わせて囁《ささや》いていた。

トシ子は秤を使わない。そのとき手にした果物の水分や熟し具合、皮の厚さ、気温、湿度などによって毎回砂糖の分量も、煮方も、時間も違うからだ。素材の酸味が弱いとレモンを足すこともある。果物は生きている。生きているものに、無機質な目盛りをあてがってマニュアル通りに作ろうとしたところで間に合うものではない。数字に合わせるのではなく、ジャムに合わせなければならない。

生きているものに対しては、生きている対応をするのが筋だ。

それがトシ子の訓戒だった。

「煮詰めたものがこちらですって下から出てくるやつ、ねえかな」

「サトミは、腕がだるくなって肩が張ってくるってぼやいてた」

「オレはそんなことない。鍛えてるからな」

しかし、精神は鍛えていないため飽きてくる。

赤い色のアクが沸いてきた。

「アク、すくって」

お玉を渡すと、昌は戸惑った顔をした。

「アクって何？」

「これだよ。浮いてきてんじゃん」

拓真がヘラで示すと、昌はぎこちなく頷き、鍋にお玉をぐっと沈めて、なみなみとすくい上げた。

拓真はほとんど感動すらした。

左手で目を覆い、心を落ち着けると、お玉を受け取って手本を見せた。

「こーやって表面をなでるように集めるんだよ。上っかわだけすくうんだ」

昌は頬を膨らませてお玉をもぎ取ると、深呼吸して手本通りにすくった。教えればできるのだ。ただ、今まで誰も教えてくれなかっただけなのだ。

「あんまり丁寧じゃなくていいぞ。アクを取りきってしまうと、ただ単に甘いだけのジャムに成り下がるんだってさ。アクは風味なんだと」

アクはジャムを濁らせるが、アクによる濁りと、混ぜすぎや時間による濁りとは違うという。アクも含めてその果実なのだと、トシ子はアクの残量にもこだわっていた。

アク取りを昌に任せ、流しの下から保存瓶をいくつか取り出した。

鍋にたっぷりの水を張り、瓶を沈めて火にかける。

拓真は昌の横顔を一瞥した。

「お前、学校うまくやれてないのか」

お玉からアクがこぼれ落ちる。

昌の唇が真一文字に結ばれた。もう一生、鍋から目を離すものかというほどの気迫でジャムに視線を突き刺す。

ぷつ、ぷつ、とジャムがしとやかに泡立ち、それは、終わりのないのどかなぼやきのようだ。

拓真はそれ以上聞かなかった。

トシ子もそうだったからだ。

ダッセージャム屋のバカ息子、とからかわれたのは、卓司が死んで、ジャムの事業が軌道に乗り始めた頃だった。要領を得てきたトシ子は、日々安定してジャムを提供できるようになっていた。時々、公民館講座に講師として呼ばれたりもしていたし、果風堂のジャムなら間違いないという評判も確立し始めた矢先だった。

終業のチャイムが鳴ると同時に、ランドセルを背負うのももどかしく教室を飛び出した児童が、玄関に詰めかける。そのごった返した下駄箱の前でからかってきたのは、同じクラスの男子二人だった。

拓真はキョトンとした。

「お前んとこのジャムなんかぜんっぜんうまくねーんだよ。ママのジャムのほうがずっとおいしいもんねえ」

その男子は母親の贔屓《ひいき》にしている駅前の小じゃれた美容院で、刈り上げたばかりの後頭部をひけらかすようになでて、自慢げな顔をした。

「ぼくのお母さんは、お前んとこのジャムなんか蓋も開けないで食器棚の下の棚に押し込んだ。義理で買ってやってるって言ってたよ」

もう一人も鼻で笑った。

「ぎーり、ぎーりっ」

二人は囃《はや》し立てた。

「ダッセージャム屋のバカ息子。バカ息子の母ちゃんは青大仏ー」

「だぁいぶつーだぁいぶつー」

拓真は飛び掛かり拳を振るった。女子の悲鳴が上がり、男子のどよめきが巻き起こった。

誰かが、何かをわめいて、逃げ去って行く。

無言でボコボコにする拓真に飛びついてやめさせたのはサトミだった。

「お兄ちゃん！　やめ！」

振り下ろそうとした拳がサトミの頬を直撃し、サトミが昏倒したところでやっと拓真は正気を取り戻した。

先生が駆けつけてきて、三人を引き離した。当然、家に連絡が行った。

お詫びの品としてジャムを持って行こうとするトシ子に、拓真は「なんでジャムなんか持って行くんだ」と文句を言った。

「おやおや、うちはジャム屋だべ。他に何ば持ってくってんだい」

「何でもいいでしょ、ジャム以外なら」

「なぁしてジャムは駄目だって言うの」

だって……。尖らせた拓真の口を、トシ子はつまんだ。

「ケンカはいぐないね」

拓真はその手を払った。

「ケンカじゃない」

「んだら何」

拓真は押し黙った。トシ子は拓真の様子に、それ以上何も問いただすことはなかった。

街灯が灯り始めた道を、ゆるゆると一人目の家へ赴いた。

冷酷な笑みを浮かべた父親が対応した。言葉の端々に嘲りがあった。トシ子が謝罪の言葉を述べても、あーはいはいとハエを払うように手を振って、さも、問題児を抱えるひとり親家庭の応対など時間の無駄だといわんばかりに「はいもうわがりました。しょうがねですよね奥さんも大変ですね」と棒読みの台詞《せりふ》の次に、拓真を見下ろして片眉を上げ「これがら大変になるんでしょうね」と陰湿な呪詛《じゅそ》を吐いた。

拓真は奥歯を鳴らした。トシ子がいなかったら噛み付いてやるところだった。

イチゴジャムは受け取ってもらえた。だが玄関のドアを閉めた瞬間に、向こうで「こんな売れ残り持ってきて。ゴミが増えるだけでねが」という毒が聞こえた。

トシ子の背は丸かった。肩を握り潰されたように縮めていた。

道路に出たとき、向かいの家のカーテンがさっと閉まった。人影が遠ざかる。

「母ちゃん、みんな見てるよ」

拓真は世間体の悪さに冷や汗をかいた。トシ子は黙って先を行く。窓に人影が見えるたび、拓真は鋭く睨み返した。外の暗がりから明るい部屋への一瞥に、どれほどの牽制力があるのかは定かではないが、八つ当たりでも何でも、屈辱をどこかにぶつけなけりゃ、やっていられなかった。

トシ子が呟いた。

「いいんだよ、こうやったほうが。近所の皆様方が見でいでいいんだ」

拓真が眉を上げ、トシ子の背中を見つめたのは、トシ子の声が存外明るかったせいだ。

「どうゆうこと?」

「明日さなったらわがるよ。世間づもんは、そんなに悪いもんでもねって。大丈夫だよ、見でる人はちゃーんと見でるんだがらね」

次の家では玄関先で、少年のママが応対に出て、拓真とトシ子を声高に責めた。鬼気迫る芝居がかった口調は、近所中に知らしめようとするかのようだった。

オレは間違ったことをしていない。どうして間違ったことをしていないオレが、母ちゃんが謝らなきゃならないんだ。ちくしょう。こういうとき、ヒーローが現れてあいつらをこてんぱんに伸《の》して、オレを「間違っちゃいない」と肯定してくれたらどんなに救われるか。オレの味方をしてくれるヒーローがいたらどんなに心強いか。

でもそのヒーローはもういない。

トシ子は一切口を差し挟むことなく背を丸めて謝り倒した。拓真だって少年たちに殴られた。瞼は腫れているし、鼻血の滲んだ鼻栓だってしている。物を食うときに頬の内側にしみて往生した。なのに。

「すみませんでないでしょうよ」

口紅がこってり引かれた口から金切り声を上げ、誇示するように腕を組んだママは、拓真に視線を移してさらに嫌な顔をした。

「なんですか、お宅の子、嫌な目つぎばして。これだすけ父親のいない子は」

拓真の目つきが野犬のように鋭くなった。身を乗り出した拓真の前にトシ子が割り込んで、さらに相手方へ深々と頭を下げた。そのままジャムの入った紙袋を差し出す。

「こったの受げ取れません！」

ママはひったくると、その腕を大きく振りかぶった。

ジャムはトシ子と拓真の頭上を通り、開けっ放しのドアから路上に向かって放物線を描いた。

拓真は鋭く短い声を上げ、両手を伸ばして追った。アプローチの階段から飛んだ。

紙袋から瓶が飛び出て、赤いジャムの泡に夕日の残光が射した。

拓真の指先はかすりもしなかった。瓶はガムのこびりついたアスファルトに砕け、べっちゃりと広がった。

ジャム作りにかけた時間はトシ子の生命である。トシ子自身がアスファルトに投げ捨てられたような気がした。

着地したとき、ブツン、と音がした。激烈な痛みが膝を中心に体へ一気に広がっていく。ぐっと詰まり、うずくまった。何だ今の音は。脂汗が噴き出す。

背後でドアが強く閉められ、当てつけのように施錠された。トシ子はドアに一礼すると、拓真の元へやってきて肩を抱いた。

「さあ、帰るが……なした、拓真」

トシ子は顔を曇らせ覗き込んだ。

「い、いやなんでもない。ちょっと捻っちゃったかもしれない」

ダラダラと汗を流し、声を震わせながらも、拓真は精一杯の虚勢を張った。

「捻ったってど？　どりぇ」

膝を検《あらた》めた母親には簡単にバレた。足首じゃなく、膝に異常をきたしている、と。トシ子はすぐさま拓真を背負おうとした。しかし、拓真は拒絶した。

誰かが見ているかもしれない。母親におんぶしてもらうなんて恥ずかしい。それに自分より背の小さいトシ子におんぶなどできるわけがないと思った。

「動がすんでね、いいがら黙っておぶさりなさい」

トシ子は声を荒げた。めったに聞くことのない怒声だった。拓真は虚を衝かれて言われた通りトシ子の背中にもたれた。トシ子は「せいっ」と気合を入れると一息に立ち上がった。

膝がぶらぶらする。力が入らない。

「お〜。重たぐなったぁなあ」

トシ子はどこか嬉しそうだった。

「お父さんの知り合いの人がお医者さんだすけ、そごさ行ってみるべし。なあに、すぐ治るって」

拓真は鼻を啜り上げた。情けなくて悔しくて震えてきた。

「ごめん、母ちゃん」

「何謝るごどぉあるんだっきゃ」

オレは悪くない。オレは間違っちゃいない。

だけど。

拓真は拳を見下ろし、喉を上下させた。

「ごめん、母ちゃん」

拓真はジャムを振り返った。

べっちゃり広がったイチゴジャムは夕日が溶けた逃げ水のように見えた。

どうしようもなかった。

胸が苦しくなった。

追っ掛けても捕まえられない逃げ水。瓶に戻すことなどできないのだ。


卓司の同期だという鈴木博志というおじさんは、初対面からして軽かった。

「あらら〜、やっちまったねえ」

鼻歌交じりの彼に、腫れ始めた膝をぞんざいに捻られた拓真は、反射的にツッパリを食らわし、鈴木ドクターをイスから転げ落ちさせた。ドクターはイスによじ登りながら、元気があってよろしい、と目を細めたのだった。

後から聞いたところによると、彼は高校時代まで父と同級生で、その後、都会の医大を卒業し、家業の診療所をほっぽり出してテレビのアクション俳優をしていたそうだが、老親に懇願されて戻ってきたのだという。

「あ～、靭帯《じんたい》切れちゃってますコレ。音、聞こえたでしょう。ブツンって。何やったんでしょう、バスケのピボット？　ここじゃあ手術できませんから大きな病院紹介しますね。そんな不安な顔しなさんな。大丈夫ですよ、二日くらいで退院できますから。でもね、治ってもあれですよ、あんまりやんちゃしちゃ駄目ですからね。すぐ壊れますからね。間違っても親父さんみたいなアクション業やろうなんて思わないことです」

面白そうに鈴木ドクターは忠告した。

痛みに泣きそうになっていたが、ドアの隙間から怖々《こわごわ》鈴木が覗いているのに気がついて、ぐっと唇に力を込めて強がった。

謝罪に出掛ける前、故意ではないにしろ殴られたことに怒り、口もきいてくれなかったサトミは、一人で見舞いに来て、ギプス固定された左足を前にあんぐりと口を開けた。

「母ちゃんから聞いたけど、なんで階段から飛んだぐらいでこんなことになってるの……？ってゆうか、あやまりに行って、なんでこんなケガしなきゃならないの」

殴られた怒りは雲散霧消したらしい。

「かっこいいだろ」と拓真が得意がると、サトミは額に手を置いて、大人びたため息をついた。

「これお見舞い」

瓶に詰まったジャムを渡された。深い藍《あい》色の黒スグリだった。

拓真はじっと見つめた。瓶に自分の顔が映っている。

「あたしが作ったんだからね」

妹は手柄を自慢するように胸を反らせた。片方の頬がまだ少し、赤かった。

サトミから聞いたところによると、謝罪しに回った翌日から客が増えたそうだ。小さな町内だ、目撃者から噂が広まったらしい。大変だったねとか、何があったの、などと首を突っ込みながら買っていったという。ジャムは完売し、早い時間に店を閉めなくてはならないほどだったそうだ。

トシ子の読みは当たったのだ。

そして拓真はトシ子の強《したた》かさに舌を巻いた。

「あんまり母ちゃんにしんぱいかけないで。父ちゃんが死んじゃってから、くろうしてるんだから」

病室にトシ子はいないのに、サトミは声を潜めた。

「母ちゃんは父ちゃんが死んじゃって、逆にジャム作りを仕事にできたって喜んでんだよ」

「お兄ちゃん、バカ？　いや、毎日バカだと思ってたけど、そうとうなバカだね。ひざより頭のしゅじゅつのほうが先だったんじゃない？」

「母ちゃんがそう言ってたんだ」

妹はやるかたなし、とため息をついて首を振った。

「これだからおとこは。おんなはねえ、口と心がちがうのよ。口に出した言葉がそのまま心だと思ったら大まちがいなんだからね」

意味がわからなかった。そりゃ専門用語で「嘘」というものじゃないのか。

「おんな心はうそとはちがうのよ」

いやもう全くわからなかった。

松葉杖で登校した拓真には視線が集中した。風邪で休んだ子は、次の日特別視され、ちやほやされるものだが、拓真はその何倍もの熱い憧憬を一身に受け、さながらヒーローだった。

ケンカした二人の少年は拓真にチラチラと気まずい視線を寄越してはいたが、特に言葉を掛けることはなかった。拓真も殴りかかったことを謝りはしなかった。

ただ、ジャム屋の件でからかわれることはなくなった。

膝の装具が取れる頃には、クラスメイトとして自然と挨拶ぐらいは交わすようになっていた。

そのときの少年二人は、キルユーの豊田と本田である。

木ベラはホーロー鍋と相性がいい。二つが奏でる音は豊かな幸福の音だ。居間のつけっぱなしのテレビから気象情報や地域の話題が流れてくる。海水浴、渓流下り、最高気温、お中元商戦……。

　ジャムの水分は蒸発し、粘度を増す。黒紅色は花火の映える夜空を想わせる。

　昌の顎から汗が滴り落ち、シャツにしみこんでいく。アッシュグレーのシャツの色がすっかり濃くなった。拓真は換気扇を回して窓を開けた。ジャム作りは人を没頭させる。作っている最中は暑さも寒さも忘れてしまう。トシ子は首からペットボトルの水を下げて、定期的に口に含んでいた。それでもうっかりすると忘れることがある。その隙を突かれてトシ子は斃れたのだ。

　プラスチックのマグカップに水を注いで昌に飲ませた。昌は渡せば渡しただけ飲んだ。子供というものはすいすいと水を飲むものだ、と胸のうちで驚嘆した。

　いつの間にか拓真と昌は仕事を交換した。拓真がアクをすくって、昌が木ベラを操る。

　時間は静かに流れていく。刻々と変わるジャムに気持ちが吸い込まれる。記憶をたどったり、何かをつらつらと考えたり、何も考えていない時間も心地がいい。

「じいちゃんと、ばあちゃんってどう?」

ふいに昌が口を開いた。

「どうって?」

「どんな、感じなわけ」

どんな人だったかと聞いているのか。

煮沸《しゃふつ》していた瓶を取り出して乾かす。

「ばあちゃんは」

そっちの厨房で、と拓真は隔てる戸板を顎で指した。

「ジャムを作っていました。じいちゃんは山へ柴刈りに……じゃなくて会社に給料をもらいに行っていました」

鳥の声が聞こえる。鳥追いののろしが遠くで響いた。あれはタイマーになっていてセットすればいつも同じ時間にどーんと打ち上がる。畑の傍を通りかかったときに打ち上がると、鼓膜と心臓に衝撃を受ける。鳥じゃなくても逃げ出す。

シャッターの前を車が通り過ぎるとガタガタと無粋に震え、ジャムの上品な呟きを一時的に蹂躙《じゅうりん》した。

「じいちゃんはなあ、仕事の途中で帰ってきてオレたちと遊んでくれた。学校に尿酸値の高い小便を届けてくれた」

「なんだそれ」

昌は嘲笑《あざわら》った。

「それでな、ヒーローだったんだ」

「ヒーロー？」

「真冬の駅の階段で、女の子を助けたんだ。ただその拍子に、頭かち割って死んだんだけどな」

「ヒーローは死なない」

「生身のヒーローってのは死ぬんだよ。限りがあるんだよ。年も食うし、リウマチにだって痛風にだってなるんだよ、いずれ」

昌は顔をしかめ、拓真は笑った。そうなるまで生きていてほしかったんだよ。そしたらトシ子が叩いた「好ぎだごどして生活していげるんだすけ、あだしゃお父さんさ感謝しなきゃ。幸せモンだよ」という軽口も、もっと違って、百パーセント明るく無邪気に信じられたはずだ。

「親父は、オレのヒーローなんだ」

昌が拓真を見上げた。高級な黒スグリのような澄んだ目で。

「サトミはどうだった」

話を向けると、昌は鍋に顔を戻した。水の入ったマグカップを差し出すと受け取ってすいっと飲み干し、調理台には置かず拓真に手渡した。

「サトミは忙しかった。ご飯を作るのは苦手だった。人生は短いから、何があるかわからないから、やりたくないことはやるなって言ってた。だからご飯を作ることはなかった。でも、ジャムだけは作った。ジャムは料理じゃなくてアンソクだからって」

「豚足？」

「アンソク。……アンソクって何」

あんそく、あんそく、と拓真は呟いて該当する漢字を考えた。

「ああ、安心の安に息をするの息だな」

「知らない漢字だ」

「今に習う。静かに休まるってことだ。学校へ行けば、好むと好まざるとにかかわらず、どんどん知識を吸い込まされる」

お前の喉が水を通すようにな。昌はわかっているのかわかっていないのか、軽く頷いた。

「サトミのジャムは旨かったか」

鍋に目を落とし、ジャムの味を、あるいはサトミの面影を追うように昌の視線が彷徨《さまよ》う。

「うまかった」

「どんな味だった」

昌は首をかしげた。難しい質問だったらしい。

「わかんないよ。でもうまかった」

拓真は力を込めた唇を引き上げた。

そうか。

「サトミは」

聞きづらいことを、拓真は聞こうとして、どういう言葉に乗せればいいのか迷った。

昌名義の通帳を思い出した。

必死だったんだろう。稼がなければならない、と。相手の男はどういうやつだったのか。

手の中でマグカップが不穏に軋んだ。

覚束《おぼつか》ない昌の横顔に視線を置く。

大概はサトミに似ているが、やはり誰かの面影も混ざっている。

サトミが選んだ男であり、昌の父親であると思えば、純粋な憎しみだけに支配されるわけにはいかない。誰かを恨むなんて、ヒーローのすることじゃない。父ちゃんは、慣れない営業でも、会社への恨み言を一度たりとも口にしたことはなかった。

何にしても、妹がしゃにむにがんばった証《あかし》を、オレが守るのは当然だ。

どす黒さを締め出すように深く息を吐いた。口を開きかけたとき、昌がこもった声を発した。

「優しかった」

ジャムを木ベラからぽたぽたと鍋に落としている。

サ・

文字を書いているらしい。

ト・

「サトミは優しかった。本当は僕、サトミが大好きだった」

昌は唇を震わせ、下顎に梅干を作った。

ミ・

イメージする完成品より少し緩いぐらいで火を止める。時間が経つとペクチンによって固さが増すからだ。結局四十分近くかかった。

「もっと早くできればいいのに」

昌は右の二の腕を揉む。レンジで加熱すれば早いし楽だが、拓真は鍋がいいと思った。徐々に変化していく様が見てとれる。レンジは任せっぱなしになるため、つまらないし、時に加熱しすぎてしまうきらいがある。第一、早く仕上げるのが目的ではないのだ。

「焦んなくてもいいんだ。少しずつゆっくりやってけばいずれ出来上がるんだから」

自分にとってジャム作りは機能的、機械的にやっつける単なる仕事ではない。この時間は真面目にジャムと向き合う時間で、それは己と向き合う時間でもある。

トシ子は、卓司亡き後、ジャム作りに没頭することで己と向き合い、何とか不安や悲しみ喪失感などをゆっくり少しずつ整理できていたのかもしれない。

そうやって凝縮されたジャムは、ひと味違う。

いくつかの瓶に詰め、蓋をした。

チャイムが鳴った。

通販か？　何か買ったっけ、と思い出そうとしながら拓真が出てみると、そこにはゴミ捨て場でよく会う近所の住人がいた。六十代の主婦、関丘夫人と、広い畑でスイカを育てている七十代の田畑老人である。

「あ、すみません、またゴミ、アレしましたか？」

手っ取り早く謝ってしまえと、頭に手を添えて腰を折った。手がジャムでべたべたしている。

「いえいえそうでないんですよ」

二人はニコニコした顔の前で手を振った。

「ジャム屋、再開したんですか？」

「はい？」

突拍子もないことを耳にして、拓真は反射的に薄笑いを浮かべた。

「まんついい香りこがしてきたので、もしがして始めだんでないがって」

彼らはかつてのお得意様だった。

「始めたわけじゃ」

「拓真」

背後から呼ばれた。関丘夫人と田畑老人が首を伸ばして奥をうかがい、廊下の真ん中に子供を認めた。

近所で噂になっていたのだろう、二人は特に驚きはしない。こんにちは、と田畑老人は腫れ物に触るような声を、関丘夫人は猫なで声を出した。昌は緊張した面持ちで二人を交互に見てから「こんにちは」とぼそぼそ挨拶した。

「お子さん、引き取って偉いわねぇ。大変だべぇ？　あだしらさ、できるごどがあったら声ば掛げでくださいね」

「んだ、遠慮しねんで」

「昌」

拓真は二人の言葉を遮《さえぎ》るように声を張った。

「ジャムを持って来い」

指を二本立てると、昌は不承知な顔で、詰めたばかりの黒スグリジャムを二本持ってきた。

受け取った拓真は二人に差し出した。

「どうぞこれ差し上げます」

「拓真っ」

昌の甲高《かんだか》い声が響く。

「あら、なんぼだい？」

「いいえ、代金はいりません。自家消費として作っただけなので」

「でも」

「母のジャムには遠く及びませんが、おすそ分けという感じで受け取っていただけたら嬉しいです」

半ば押し付けるようにすると、二人は顔を見合わせた。

「じゃあ、遠慮なく」「ありがっとう」

「いいえ、これからもご迷惑をおかけするかもしれませんが、よろしくお願い致します」

拓真は深く頭を下げて二人を見送った。

「なんであげちゃったんだよ。僕らがあんなに時間かけてさ、すっごい暑くて、超疲れてそれでもがんばって作ったのに」

「バッカ、おめえ、エビでタイを釣るって諺を知らねえのか」

「知らない。カモネギとか、ヌレテニアワ、イチリュウマンバイとかなら知ってる」

「……お前相当苦労したな……悪いなあんな妹で」

拓真は引き気味に謝った。「今恩を売っとけば、いずれ役に立つんだ」

彼らが昌を気にかけてくれるのなら、ジャム一つなんて安すぎるものだ。


道場の筋トレルームでは小学生から二十代前半ぐらいまでの十五人程度がトレーニングに励んでいた。

その中に拓真も加わり、筋トレマシーンで腿の筋肉を鍛える。クラブ生を指導して回っていた鈴木ドクターが近づいてきた。

「調子はどうですか？　拓真」

「いい感じっすよ」

ギイギイとコンスタントにレッグエクステンションで重りを押し上げる拓真の脇に立って、ドクターは腕を組んで見下ろしている。

膝は硬くテーピングされていた。

二百回持ち上げたら、拓真はレッグプレスに移動した。鈴木ドクターもついてくる。何か言いたそうだ。

「なんすか、先生」

拓真は腿の筋肉に集中し、リズムを崩さぬように膝の屈伸を続ける。

ドクターの軽いため息が聞こえた。

「なんでもないですよ」

ジョギングから帰ってくると、家中が濃厚なトマトの香で満たされていた。

昌がガス台の前につま先立ちで、鍋をかき回している。テーブルの上には、口の開いた袋が倒れて砂糖がテーブルに広がっていた。

量ることなく好きなだけ入れたのだろう。確かサトミのアパートにも秤はなかったっけ。

「おいっす、ただいま。どっからトマト持ってきた」

「冷蔵庫」

「そう言えば買ってあったな」ハムでジャムを作ろうとしなかったのは大したものだ。「今日から夏休みなんだろ？」

「なんで知ってる」

「お前運動音痴なんだな、体育がCじゃねーか」

昌の目がカッと見開かれた。居間に放り出されたままのランドセルを振り返る。蓋が開けっ放しで、プリントやら夏休みのしおりやらがはみ出ていた。

「見たな！　通信簿」

「半分出てたんだよ。『控えめな子です。転校してきたばかりのためでしょうが、あまり馴《な》染《じ》めていないようです、二学期はもう少し積極的にみんなと打ち解けられるといいですね』」

「この野郎！」

昌は駆けてきて拓真の脛《すね》を蹴った。

「勝手に見るんじゃねえよ」

「保護者だからなこれでも」

「なにがホゴシャだっ」

ガスガスガスと蹴ってバランスを崩して尻餅をついた。拓真は眉を上げた。

「ほんとにお前は運動音痴なんだな。人のこと蹴っといててめーが転ぶなんて天晴《あっぱ》れだ。酔っ払い以外で初めて見たし」

昌は歯軋りをして拓真に三白眼を向け、投げ出した足で蹴った。拓真にしてみれば、いくら蹴られても痛くも痒くもない。

「鍋を放ったらかしにするな」

昌は鍋に飛びついて木ベラを手にする。注意されたことが面白くないようでムッとしている。

拓真は厨房の掃除を始めた。シャッターがガタガタ鳴って、下の隙間から砂埃が吹き込んでくる。

壁際に寄せていた踏み台を台所の上がり口に据えた。

「昌、これを使え」

昌はムッとしたまま、踏み台を一瞥し、プイっと顔を背けた。

「サトミが使ってたやつだ」

これまで厨房からは包丁一本も動かしたことはなかった。別にそう決めていたわけでもないが、動かそうと思ったことがなかったのは自分が囚《とら》われていたからなのかもしれない。何かを持ち出すのはこれが初めてだ。

包丁に、錆び防止のためのサラダ油を軽く塗って、新聞紙に包み直した後、台所を見やると、踏み台は昌の足の下にあった。

洗濯機のスイッチを入れてからシャワーを浴びて浴室を出ると、昌は仏壇に手を合わせていた。まだ湯気の上がるトマトジャムを供え、ジャムでべたべたの手を合わせて、じっと仏壇の中のスナップ写真を見つめている。

トマトジャムは澄んだルビー色をしていた。

拓真は朝食を作り始めた。二つのガス口を使って、一方で湯を沸かし、もう一方で昨日の残りご飯を塩コショウで炒める。具はタマネギのみじん切りとウィンナーの小口切りだ。ジャムの味見をしてみると、酸味と甘みのバランスがちょうどよかった。

「おーい、このジャム使っていいかー」

仏間の昌に問うと、駆けてきた。

「ケチャップライスにしたいんだ」

「いいよ、僕に入れさせて」

「任せる」

昌は鼻息荒く、もったいぶった手つきでたっぷりとトマトジャムを投入した。

二枚の皿に分けると次はフライパンにバターを溶かして卵を手早く混ぜ、ふわふわでしっとりしたスクランブルエッグを作った。沸騰した湯にインゲンを放るとたちまち鮮やかな緑に変わった。

一枚の白い皿に盛り付けられた赤・黄・緑は美しい。

我ながら上出来だ。どんどん手際も料理も上達している。

昌は冷蔵庫を開けてウーロン茶と牛乳を取り出し、コップとマグカップにそれぞれ注いだ。盆に載せて居間へ運ぶ。トタトタという湿り気のあるぽってりとした子供の足音は、ホーロー鍋の呟きに似ていると、拓真は懐かしく感じた。

昌は先に食べ始めていた。給食以外で誰かを待って食べるということを、昌は知らないようだ。

「旨いだろ」

昌はうんともすんとも言わないまま、きれいに平らげた。

空は青く晴れ渡っていた。トンビが旋回している。

昌に、食事の後片付けと、庭に洗濯物を干すよう指示して、拓真は軍手をはめ、雪かきスコップや蚊帳、使わなくなったバットなどを放り込んでいる物置小屋から、それと工具を引っ張り出し、玄関前に据えた。

「うっわー、錆びてんなあ」

小学校六年生まで乗り回していた自転車だ。ハンドルとサドルにはレジ袋でカバーがしてある。町内二店舗を展開するスーパーのものだが、今のデザインとは違っていた。

緩んだチェーンを外して、錆び取り剤で磨き、錆びで硬くなったネジを叩いていったん緩め、締め直す。パンクして蛇の轢死体《れきしたい》のようなチューブを取り替え空気を詰めていると、背後で足音がした。

「なんだそれ」

昌が眉を寄せ、自転車を見やっていた。

「チャリだ」

「かつて、だろ」

「今だってチャリだ。オレが乗り回してたんだ」

てきぱきと直していく。遊園地での遊具整備のおかげで、お茶の子さいさいってなもんだ。かごのゆがみをハンマーで叩いて、だいたい六角形から八角形程度まで回復させると、スタンドを立てた。

「よっしゃ、こんなもんだろ。ペンキは後だ。今は動いて止まれさえすれば上等だ」

サドルをバシっと叩いた。ライトがポロリと外れて垂れ下がった。

二人は揺れるライトを見つめた。

「あら、甘かったな。昌、それ、そこのレンチ取って。チャリを押さえとけ」

昌からレンチを受け取った拓真は、ハンドルを昌に押さえさせてネジを締め上げた。肩で顔の汗を拭う。Tシャツの紺色が濃くなっていた。

「これでほんとに大丈夫だ。乗れ、これは昌のだ」

「はあ!?」

素っ頓狂な声が上がった。見る間に顔から血の気が引いていく。予防接種の順番待ちをしているような顔だ。

「嫌だよ」

「なんでよ」

昌は落ち着かない様子で自転車を見た。「――ボロいもん」

「ったあ！　ボロいって。今直したでしょぉがああ！」

「あ、足が届かない」

「下げてやる」

サドルを下げてやったが、昌はブレーキが利かなかったらどうするんだとか、色が嫌だとか、かごの形が不細工だなどと理由を付けて乗ろうとしない。

拓真は片眉を上げ、目を眇めた。

「はっはーん、昌さてはお前」

「な、なんだよ」

「乗れないんだろ」

昌の顔が赤くなった。自転車に視線を移し、神経質にまばたきを繰り返す。

それから拓真へと転じられた。

拓真は挑発の笑みを向けた。

「乗れる！」

昌は宣言すると、自転車にまたがった。苔だかカビだかに覆われたグリップを握り締める。

道路に向かって漕ぎ出そうとしたとき、トラックが横切った。拓真はとっさにハンドルをつかんで押し留めた。

「川原《かわら》に行くぞ」

「川ぁ？」

ボロ自転車を押して歩くこと十分、車の通らない土手にやってきた。未舗装の土手を挟んで左が川、右は広い公園になっている。水位の下がった川面に夏陽が反射していた。

土手の端に子供用自転車が三台停まっていて、小学生が三人、釣りをしたり水遊びしたりしていた。

「よぉう！」

拓真は彼らに向かって手を振った。子供たちは知らない男にフランクに声を掛けられて、訝《いぶか》しげな眼差しを向けてきた。昌は拓真の背後に身を隠す。

「ここなら打って付けだ。車は入って来ねえし、道は一直線。乗れ」

爽やかな強要に、昌はそっぽを向いた。

「嫌だ」

「嫌だ嫌だってなあ……」

拓真は頭をがりがりと掻いて、川遊び中の三人を指した。

「あいつらだってチャリ乗って来たんだろ」

少年たちは、騒がしい二人に興味津々の眼差しを向けている。

「考えてみろよ。友達がチャリで風を切って突っ走ってるときに、その横をお前は走るのか？　そりゃねぇべ、犬じゃねんだから」

「友達なんかっ」

勢い込んで反論しかけたものの、昌は言葉を続けられなかった。川原の三人が首を伸ばして見ているのだ。こっちの会話は丸聞こえに違いない。

「なあ、お前らも」

拓真が少年たちに向かって声を張った。「自転車乗れてよかっただろ？」

突然話を振られて、少年らは不意打ちを食らった顔をしたが、こくこくと頷いた。

拓真は昌を見下ろすと、胸を反らして鼻を鳴らした。

口をつぐんだ昌の顎の付け根が盛り上がった。じっと自転車を見つめる。下ろした拳が白くなっていく。

少年たちが土手を上ってきた。

昌は彼らをチラッと見てから、自転車に近づき、深呼吸するとまたがった。

ガチガチに緊張している。ぶつぶつと何か呟き始めた。

拓真は耳を近づけた。

「なんだこんなもの前にもずいぶん練習したじゃないか後もうちょっとだったんだもうちょっとで乗れるんだなんだこんなもの」

拓真は身を引いた。子供たちが「こいつは何を言っているの」とこっそり拓真に尋ねた。

「呪詛だ。あいつは魔女で、今、呪いをかけているのだ」

大の大人の真面目くさった口調に、少年らは若干白けた。

昌は肘を直角に曲げ、ペダルに左足をのせると、「なんだこんなもの！」と気合もろとも踏み込んだ。右足が地面から離れたとたん、ガシャンと倒れた。

土煙が立った。

誰も声を出さなかったし、誰も動かなかった。

土煙が川風に流された。

沿道の緑が輝く砂利道で、自転車の下敷きになっている昌は、一枚の絵のように見えた。

昌はじりじりと立ち上がった。土埃を払い、自転車を立てるとまたがった。ひと漕ぎして転んだ。

ギャラリーは微動だにしない。

昌は拓真らを振り返ろうとしたようだったが、思い留まったらしい。もう土埃を払うことなくサドルに座り、がに股で漕ぎ始め、そして転んだ。

子供たちが忍び笑いを漏らす。

「お前ら、練習するとき転ばなかったか」

拓真は昌から目を離さない。

少年たちは笑いを引っ込めた。

自転車の倒れる音が、少しずつ少しずつ遠ざかっていく。

転ぶたびに土煙が昌を飲み込む。

噎《む》せ込んで目を擦っている。

拓真は腕を組んで見守り続ける。

少年らはじきに飽きて、川遊びに戻っていった。

豆粒ほどの大きさにまで遠くなった昌は、何度目かの転倒の後、自転車の下から這い出して自転車を蹴っ飛ばした。手を振り回して何事か喚いているようで、声が風に乗ってところどころ聞こえてくる。拓真はぷっと吹いた。その声が届くはずもないのに、昌が振り返った。憤怒の表情になる。

乱暴に自転車を立て、またがった。肩で大きく息をしてから左足でペダルを踏み込んだ。右足で地面をかきながら、じわじわと進んでいく。

気合の掛け声を放つと同時に右足が離れた。

卓司が拓真に自転車を教えてくれたのはこの川原だった。

夏休みだった。ギラギラした日差しがつむじを焼いた。

濃厚な草いきれと耳鳴りのようなセミの声が体の汗にまとわりついていた。

卓司が荷台を支えてくれた。スーツ姿だったと記憶しているから、まだ仕事中だったのだろう。

数え切れないほど転んだ。転ぶのをなんとも思わなくなるほど転んだ。

卓司は拓真を転びっぷりがいいと褒めた。

「男は転びっぷりと食いっぷりさえよけりゃ、世の中渡っていける。何べんも転んで、巧い転び方ば覚えるもんだ」

転びっぷりがいいのを褒められても少しも嬉しくなかった。転ばず、早いとこ乗れるようになりたかった。

父と息子は土埃まみれになって帰ってきた。スーツは擦り切れぼろぼろだ。トシ子はどこの営業さ行ってきたんだっきゃ、と呆れた。

卓司とサトミと拓真は三人で風呂に入った。入浴はいつもこのメンバーだった。

傷に湯がしみた。

「転んだ数が人ば決めンだ。転ぶごども知らねぇまままっすぐ進んだ奴ぁろぐなごどさなんね」

卓司の手足も傷だらけだった。サトミは二人の傷に怖気《おじけ》づき、自分は一生自転車には乗れなくていいと言った。

「女の子はたくさん転んだ男の自転車の後ろさ乗ればいい。なも、自分が転ぶ必要はね」

卓司は断言した。

男は割に合わない、と拓真がぼやくと、そういうもんだ、と笑って返された。

卓司は両腕を湯船の縁に引っ掛けて、あ〜今日は楽しがったなあと福々しい顔を天井へ向けた。そういう卓司を見れば、傷も勲章に見えたのだった。

「拓真ぁ、明日はもっといい日になるぞぉ」

次の日、突然自転車に乗れていた。

卓司はその年の冬、駅の階段から転げ落ちた。

卓司の転びっぷりはよくなかったのだろう。

サトミは男の自転車には乗らず、自分が転ぶことを選んだのだろう。


ハンドルがぐらつきだした。うねる地面に翻弄されているように見える。拓真は地面を蹴った。

「うわあっ」

転倒する寸前、拓真は自転車の荷台を捉えた。

「前見ろ前！　前だけ見ろ！　振り返るなっ」

反射的に振り返りかけた昌に怒鳴る。

「拓真ッ……」

「漕げ、思いっきり漕げ、死ぬ気で漕げ！」

昌はくの字になってペダルを踏み込んだ。

「前だけ見るんだ、前だけ見るんだ、漕げ漕げ漕げ」

拓真は荷台を支えて走る。痛みが膝を貫くが構っちゃいられない。

「よーしいいぞいいぞ。ほれ右左右左、一ッ二ッ一ッ二ッ人生はワンツーパンツだ」

「パンチだろおおお！」

「行けぇぇぇぇ！」

拓真は手を放した。昌は猛烈に足を回転させた。

川沿いを鬼の形相で疾走する子供を、ウォーキング中の人や犬を連れた人が振り返る。石を積み上げてかまどのようなものを作っていた少年らが手を止めて身を起こし、昌の姿を見やる。ぽかんとしていたが、すぐに「おおー！」「行けええ！」という歓声に変わった。竿を振り回して追い駆けていく。

数十メートル走ったろうか、自転車はハンドルを振り、バッタリと倒れた。

自転車の下から這い出す昌に拓真は駆け寄った。拓真の影にすっぽり包まれた昌が顔を上げた。

「なんだよ、昌。本当は乗れるんだろ」

昌は目をパチクリさせた。

昼を知らせる防災無線の鐘が響き渡った。

拓真と昌の腹の音も響き渡った。

川岸に放置されたままの少年らのバケツには、十センチほどの魚がわさわさと入っていた。彼らは白くなった流木を組み合わせて手際よく火をつけ、魚をさばき、ナイフで削った枝に波状に突き刺して火で炙《あぶ》った。拓真はその手際のよさに目を奪われ、昌はただただ口を開けて見とれていた。

魚が焼ける間、一番ガタイのいい少年の指揮で、子供らはヨモギを集めてきた。石ですり潰し、泡立つ濃い緑色の汁を昌の肘や手の傷にすりこんでやった。

「膝は平気？」

気を回されて、昌はジーンズをめくった。青くなっていたが、出血は免《まぬが》れていた。

「……平気」

まだ緊張は解けないらしい。硬い表情のままだ。

ヨモギ臭をぷんぷんさせた昌に、拓真は「年寄りの臭いがする」と素直ゆえにグサリと刺さる感想を吐き、殺気のこもった突っ張りを食らって川に突き落とされた。

それを皮切りに、少年たちも川へ飛び込み水かけ合戦が始まった。

ショーで慣れている拓真は、万歳した大げさな身振りで悪役を演じ、子供たちに襲い掛かる。浅瀬に投げ飛ばしたり、バケツで水をかけたりした。子供たちは大興奮して次々挑んでくる。その中に昌もいた。水飛沫《しぶき》を散らし、キラキラと輝いている。

拓真は、ああやっぱ楽しいわ、としみじみ実感した。わくわくめるへんランドをクビになったら別な遊園地でショーに出させてもらいたい。子供たちに死ねと叫ばれ続けるのは悔しいが、それで子供が喜ぶのは楽しい。ガキを本気にさせるのはめちゃくちゃ充実する。できればヒーローをやりたいが、その役が回ってこなけりゃこの際、悪役でも構わないんだ、ちびっ子をのめりこませてナンボだ。

「隙アリッ」

掛け声とともに、腹に拳骨がめり込み、拓真は「あら」という間抜けな自分の声を聞きながら川へ沈んだ。

焚き火を囲んでアユを食べる。川魚は皮が薄く、乳白色の身は危ういほど柔らかい。淡白でいくらでも食べられそうだ。

「お前らどこ小?」

「大向小《おおむかいしょう》。二年三組」

一番背が高い少年が答えた。リーダー格らしい。ハキハキとした物言いは賢そうだ。三人が自己紹介した。リーダー格の子が順《じゅん》。肥満体型の子が俊哉《としや》、一番背が小さい子が渉《わたる》。

少年らは、人懐こくて少し変わったこの男を気に入ったようだ。

拓真も食べっぷりのいい少年らを好ましく思った。

「そっちは？」

渉が昌を指した。拓真の陰に隠れてもそもそと齧っていた昌は、あまり会話に加わることはない。興味はあるのだろうが、勇気が出ないらしかった。

昌は拓真の陰から顔を覗かせた。それから助けを求めるように拓真を見上げる。拓真は大丈夫だ、オレに任せておけ、という視線を返して少年らに向き直って言い放った。

「悪いな、こいつ、母親の腹に口を忘れてき」

昌によって魚を口に突っ込まれ、言葉は続けられなかった。

「お、同じ大向小。二年一組、瀬戸昌」

「へえ、見たことないけど、転校生なの？」

昌はすっかり気後《きおく》れして、頷くことすらままならない。

まいいや、と少年らは肩をすくめた。

「よろしく」

順、渉、俊哉に手を差し出され、昌はおずおずと握手した。

順が焼けた魚を「ほら、これも食えよ」と差し出すと、昌はありがとうと受け取った。茶化したくてうずうずしている拓真を、昌はじろりと見ながら魚にかぶりついた。魚は半分焦げていた。

五人は土手に鯉のぼりのように並んで昼寝をした。

目を覚ますと日差しの色は濃くなっており、四時近かった。服はからりと乾き、顔が日に焼けて火照《ほて》っている。

釣竿やバケツを自転車に積みながら子供たちが聞く。

「おじさん、明日も来る？」

「明日は仕事だから無理。つかオレはどう見てもお兄さんだろうが」

「えー、親っていっつも仕事なんだね」

「明後日《あさって》は？」

「明後日も仕事」

「まーじーかー、つまんないなあ」

拗ねる姿に、拓真の自尊心がくすぐられる。オレは親父じゃねーけどな、と思ったが「そうか」とだけ答えておいた。隣に佇んでいた昌も、拓真が自分の父親だと勘違いされたことを否定はしなかった。

「おじさん、休みの日はここへ来てよ」

「お前らは毎日川に来るのか。ちなみにオレはお兄」

「僕らは来てるよ」

「じゃあ、こいつのことよろしく頼むよ」

昌を皆の前に押し出す。

「うんわかった」「トロそうなやつだけど、任せておいて」

三人は気持ちよく請け合った。昌にしてみれば多少失礼な言葉を耳にしたはずだが、彼らに食って掛かることはなかった。

順たちと別れ、二人は自転車を押して帰った。疲れているはずだが、昌は弱音一つ吐かずに黙ってついてくる。そうするのが体に染み付いているのだろう。妹の子育てを否定するつもりはないが、これではやはり辛いものがある。

拓真は歩みを緩めた。

「おぶってやろうか」

振り返らずに声を掛ける。

「バカか。恥ずかしい。それに僕をおぶったら自転車はどうするんだ」

「なんとかなるさ」

「ならないよ。考えてものを言え」

「おーおー、立派なことで」

庭に干していた洗濯物はどれもふんわり仕上がっていた。居間に放り投げ、その上に拓真はダイブした。日向《ひなた》の匂いがする。昌も隣に飛び込んだ。

「あー、今日はしこたま遊んだなあ。充実したなあ。明日も明後日も遊びてーなー」

「そんなに遊んでたら生活できなくなるだろ、しっかりしろよ」

昌の苦言を尻に聞かせながら、拓真は目を閉じた。

目を覚ますと、ヒグラシが鳴いていた。「町内の小中学生は暗くなる前に家に帰りましょう。車や不審者に注意して家に帰りましょう」という雑音交じりの放送と、犬の遠吠えが、糾《あざな》える縄のごとく絡み合って茜空《あかねぞら》に響き渡っていた。

全身、汗びっしょりだった。体の下に洗濯物はなかった。部屋の隅に盛り上がっている。腹にバスタオルが掛けられていた。

寝たまま首を伸ばして台所を確認する。

明かりがついている台所から、物音がしていた。

ぐーっと伸びをしてから起き上がった。

調理台の前で、踏み台に上がった昌が何かしている。

上から覗き込んで「何の実験だ」と尋ねると、「うおうっ」と、昌は驚き、台から落ちた。

「は、腹が減ったから、何か作ろうと思って」

調理台の上には粉砕された卵の殻と、卵液が広がり、ガス台の五徳は焦げ付き、フライパンには炭粉が盛り上がってくすぶっていた。

「なるほど」

確認した拓真は納得した。

「壮大な料理を作ろうとしていたわけだな。物質の原子レベルまで変化させるほどの。地球の誕生まで思いを馳せるほどのな」

「なんだよ、怒るつもりか」

昌がファイティングポーズをとる。拳には無数の傷が生々しく残っていた。

「怒らねえよ、一つ教えてやるが、知ってるか、炭ってのはあまり旨くもねえんだ」

昌はパンチを繰り出した。拓真はひょいと避《よ》ける。

「今日は卵を食いすぎた。飽きるだろ」

昌はパンチを繰り出しながら追い掛けてくる。拓真はひょいひょいと逃げた。

「飽きない」

「オレは飽きた。まあ、炭料理となれば味も食感も変化あろうが、残念なことに、オレはあまり炭には食欲が湧かない性質《たち》なんだ」

「大人のくせに好き嫌い言うな」

「それに今日はバーベキューの予定もないからやっぱり炭はいらん」冷蔵庫を開ける。「おまけにこの通り､脱臭炭はまだガンガンに効いている。……お、レタスとハムが残ってるな、それからスグリジャムとトマトジャムぐらいか。ほかにはなんもねえなあ」

拓真の硬い背中にパンチをぶち込んだ昌も、同じように拓真の脇から覗き込む。

「空っぽだな……そうだっ」

何事かひらめいたようで、昌は飛び出していった。

拓真がきれいに調理台と床を掃除――なんかオレ、あいつが来てから後始末ばっかかしてるな、と独り言をこぼしながら――し終わったところに、昌が息を切らして戻ってきた。意気揚々とスイカを抱えていた。

「早かったな、どこの八百屋に行ったんだ」

スイカに土とクッション代わりの藁《わら》がついているのを横目に、拓真は聞いた。

「まさか。もらったんだそこの畑から」

スイカを台に据えると包丁を当て、どこから刃を入れようかと思案している。

「もらった？　誰に」

「ええと、じじいだよ。この前ジャムもらってった」

「盗んだんだろ」

「盗むわけないだろ。もらったって言ってるじゃないか、あのじじいがスイカ畑にいた僕に気づいて走ってきて、なんやかんやあって、これをくれたんだ」

「そのなんやかんやが一番知りたい」

拓真は露骨に疑わしい目を向けた。だが、それ以上責めることはしない。何だって最初にスイカ畑にいたのか、という核心を突くことも抑えた。昌の顔は白くなり、その輪郭を暑さによるものとは別由来の汗が流れていく。

昌が包丁を置いた。

「……ごめんなさい」

目を伏せた。

拓真は腰を落として昌の目を覗き込んだ。

「悪かったと思ってるんだな」

「……うん」

項垂《うなだ》れた。下ろした手でズボンをつかんだり放したりして落ち着かない。

「よし、それならいい」体を起こした。「半分は、冷蔵庫に食い物を補充していなかったオレのミスだ。罪は半分こだ」

「違うよ、僕が百パーセント悪い。だいたい、僕がこの家に来ちゃったから、拓真の食べるものまでなくなるんでしょ」

拓真は凍り付いた。

「そいつは誰の教えだ。サトミか？」

「サトミはそんなこと言わない」

昌は怖々《こわごわ》息を吸った。手はズボンをギュッと握ったまま固定されてしまった。足の指がもぞもぞと動く。

「学校の連中か」

「違う」

「近所の連中か」

次第に、拓真の声が怒気をはらんでくる。

「違う」

「じゃあ誰だ、オレが話つけてやる」

拓真がしびれを切らして昌の腕をつかんだ。そんなに強くつかんだつもりはなかったが、力の加減ができなかったのか、昌は振り回された格好になりよろめいた。

「ぼ、僕がっ」

昌が拓真の腕をつかんだ。強い力だった。拓真はわずかに目を見開いた。

「……」

「僕が、そう思ったんだ……」

奥歯の間からそう、漏れた。

静かに空気が張り詰めていく。

時計の針は我関せずマイペースに時を刻む。

いつも通りシャッターがガタガタと震えた。

ゴッと、昌の頭が鳴った。

「いってえええ」

二人の声が揃った。昌は頭を押さえ、拓真は右手の拳を押さえて、背中合わせにうずくまる。

「何するんだよ、痛いじゃないか」

「そんなこと二度と考えるんじゃねえバカ野郎が」

二人とも涙目で睨み合った。

後で、田畑のじいさんにスイカの礼と謝罪をしよう、と拓真は記憶に留めた。ジャムを持って行こう。つか、なにこれ、ガキの頃のデジャヴかよ。

拓真は昌の頭を無造作になでた。

「捨てるわけにもいかねえ、食うぞ」

昌が包丁を握る。

「ちょっと待て」

拓真はスイカをかっさらった。

「スイカ割りのほうがよくないか？　バットでバーンと一発」

「やらない」

「オレは一発やらしてもらう。庭でやるべ。なんか敷くもん。敷くもんはねえが〜ってなあ。昌は見学な。こういうのはさあ、一人でやっても面白くないんだ、ギャラリーがいてこそのショーだからな」

拓真はスイカを頭の上に掲げて、下に敷くものを探してうろうろする。本物のバカだと昌がくさしても聞く耳は持たない。

「ゴミ袋あったべ、あれを敷くべ、昌、庭に広げろ」

広げられたゴミ袋にスイカを据えた。昌の軽蔑の眼差しをものともせずバットを構え、素振りをする。風を切る音が伊達《だて》にショーで鍛えられているわけではないのを証明していた。

「お前、本当に叩かないのか。嫌なことぶっ飛ぶぞ」

昌の目に迷いが生じた。

拓真はバットを真上に放り上げ、回転して落ちてきた先端をつかみ直すと、持ち手を昌へ向けて突き出した。

「恐れず、ためらわず、ガツンとやれ」

昌はおずおずと受け取った。

スイカの前に立ち、両足を踏ん張った。拓真の指導の元、バットの三分の一が確実に当たる位置に立つよう微調整する。その目にだんだん闘志が漲り始める。

昌は背筋を伸ばし、たっぷり息を吸い込んだ。

スイカを穴が開くほど見つめる。

歯を食いしばった。

やあ、だか、たあ、だかの混じった気合もろともバットが振り下ろされた。

鈍い音がした。

スイカは割れておらず、代わりにゴミ袋が陥没していた。

「嘘だろ？　目隠しもしてないのに。丸見えなのに」

拓真は驚愕した。

バットはスイカから十センチ離れたところを殴りつけていた。

「昌、お前は果てしなく底なしの運動音痴だな。先生がCをつけてくれただけありがたく思え。オレだったらZだな。ウルトラZだな、もしくはマイナス丙《へい》だな」

拓真は昌の背後に回って昌を後ろから抱くように立つと、その手の上から自分の手を添えた。

昌の手は、薄く小さかった。冷たくて、柔らかい骨は、拓真に卵を想起させた。そして、一瞬のことだったが、脳裏に雪が見えたような気がした。反射的に力を抜きかけたが、昌に見上げられ、改めて力を込めた。

「ファイトー！」

バットを振りかざす。昌の踵《かかと》が浮き上がる。つま先まで離れそうになったとき、バットは頂点でぴたりと止まり、

「いっぱーつ」

一気に振り下ろした。昌の体は前のめりに振り回され、バットから小気味いい衝撃が伝えられた。

赤い飛沫が飛び、かけらが散った。

スイカはざっくり割れていた。赤く瑞々しい内側が露《あらわ》になり、チョコチップのような種が行儀よく並んでいる。

昌は興奮で武者震いした。

数秒、二人はスイカを見下ろしていた。

台所に立った拓真と昌は、夕飯作りに取りかかった。ハムを切っている拓真の傍らで、昌は真剣な面持ちでレタスをちぎっている。切り終わった拓真は、目分量で黒スグリのジャムを醤油と酢で緩め、そこにチューブタイプのニンニクを搾り出した。多く出してしまったが、気にしないことにする。熱したフライパンにハムとレタスを投入し、強火でさっと炒め、ジャムのタレで味付けをした。

夕飯はハムとレタスの炒め物と、スイカとなった。

窓を開け放った居間には蚊が入ってくる。拓真は居間に蚊帳《かや》を吊った。昌は初めて見る網のテントに目を輝かせた。

「僕、この中で寝たい」

「隣は仏間だがいいのか」

脅し半分で確認すると、昌は思い出して不安な顔をした。いくら母親の両親とはいえ、昌にとっては、会ったことすらない連中から白い顔で見下ろされ続けるのはいい気分じゃないのだろう。母親の写真もあるとはいっても、大きく引き伸ばされて輪郭のふやけた写真では、母親と結び付けられないのも当然だ。その気持ちは拓真にもわかる。アルバムにある写真からは両親を感じられるが、どういうわけか、鴨居に掲げられるとまるきり知らない人に見えてしまうのだ。

そして携帯の写真こそが昌にとっての母親なのだろう。

「ここのほうが二階より涼しいから、オレもこっちに寝ようかな」

昌の顔から不安が引いていく。ちらっと拓真が視線をやると、目の合った昌はすかさず横を向き、「拓真がそうしたかったらすればいい」と投げやりに言った。

布団を並べて寝そべった。

編み目越しに見える夜空には欠けた月と星が瞬《またた》いて、風が風鈴を鳴らしている。

「いやー、食った食った。明日は何を食おうかなあ」

拓真は仰向けになり腹をさすった。二人はスイカを競うように食べ、じつに半個分を腹に収めたのだ。

「拓真は明日が楽しみなんだな」

「当たり前だ。明日は新しい日だからな。オレの知らないことが起こるからな」

「僕は、毎日同じだった」

「お前、ほんとに小二か？　年寄りくせえこと抜かすんじゃねえよ。毎日同じなわけねえだろ、時間は進んでるんだ、どうやったら同じになるってんだ。理屈が合わねえだろ、どう考えたって今日と明日が同じになる要素が見つからねえだろ」

「……そうだな。昨日生きてたやつが今日死ぬんだもんな」

「あ、地雷踏んだ」

拓真の顔の輪郭を冷や汗が流れていく。

「いいいいやまあ、そういうのもあるけどな。安心しろ、オレは死なないからな。アレだよ、お前より長生きする気満々だからな」

昌は横向きになり、鼻で笑った。

ほんとにこいつは八歳なんだろうか。ヨモギの臭いは伊達じゃねえな。

「スイカをこんなに食べたのは初めてだ」

昌が拓真を真似て腹をさすった。「カップに入ったのは三口でなくなって、パサパサしていた」

「丸ごとのスイカは旨かったか」

「旨かった」

すごく旨かった、と昌は息を吐いた。

「やっぱり僕も『毎日新しいことばっかり』だ。ここに来てから、新しいことが多い」

拓真は両手を頭の下で組んだ。

「昌はいいなあひと月も休みでー。パラダイスだよな、極楽だよお前、大人になったらひと月も休めないからな。オレなんかせいぜい週に二日だ、一日しか休めない週もある」

「拓真には宿題がない。通信簿もない。テストもない。運動会もない。僕たちは宿題やっても、勉強しても、百点取っても、運動会で転んでも給料はもらえない」

「オレ大人になってよかった。お前、何になりたいんだ」

「何に？　わからない」

「ヒロインになりたくはないか？」

「なんだそれ興味ない」

「なんだよ、お前もヒーローのほうがいいのか？」

「は？　ヒーローなんているわけないだろ。嘘っこだよそんなの。嘘ものに興味なんてない」

「もしかしてお前、サンタクロースもいないと思ってるクチか」

「いない」

「断言するじゃねえか」

「クリスマスの朝、僕はゲームをもらった」

「ほら、じゃあいるんじゃねえか」

「僕が欲しかったのはゲームなんかじゃない」

「……」

「来てほしいときに、ヒーローは来なかった。僕が来てほしいときに、誰も来てくれなかった。サンタも、ヒーローもいないんだ」

拓真は隣に顔を向けた。昌の華奢な背は丸かった。

――ヒーローのほうが逞しくてバイタリティがある。昔、ヒーローに助けられた。中年のおっさんだった……。

拓真は仏壇を振り返った。オレンジ色の常夜灯の下にスナップ写真の卓司がいた。

「ヒーローはいるぞ」

「いない」

「いるって」

「だったら来るのか？　僕が大変なときに来てくれるのか？」

「来るさ、ヒーローなんだからな。来てほしいと願ったときには必ず現れるもんなんだ。ま、自分がヒーローになれば話が早いんだがな」

昌からの反応はなかった。眠ったのかと思ったとき、くぐもった声が聞こえた。

「……それなら僕はジャム屋になる」

「なんだって？」

「僕、ジャム屋になりたい」

「脈絡のないこと言い出したよこのヒトぁ」

拓真はわしわしと顔をこすった。

「僕、ジャム好きなんだ。ジャム屋ならいつも家にいるだろ。だってさ、鍋から離れちゃいけないんだから。いなくなるってことはないんだからな」

トシ子はいつも家にいたなあ。卓司が死んでから参観日や運動会に来ることは皆無だったが、家には必ずいたっけ。

帰れば母はそこにいた。

一等賞獲った日も、喧嘩した日も、何があっても帰れば母はいた。

――昌には、そういうことがなかったんだ。

昌のヒーローはきっとサトミなのだろう。ジャムを作っているときだけはそばにいた母親なのだろう。

拓真は目を閉じた。

「昌、明日はもっといい日になる」

昌の悲鳴で拓真は起こされた。無意識のうちに枕を抱えて逃げ出そうとして蚊帳に頭から突っ込み、蚊帳を巻き込んで開けっ放しの吐き出し窓から庭に転がり落ちた。

底引き網に絡まったタコ状態からなんとか抜け出すと、布団の上で青くなっている昌が目に入った。

「どした、昌」

手のひらで顔をこすった。

「おねしょ、した……」

声が震えている。拓真は手を顔から離し、目を眇めた。

「は？　おねしょつったか、今」

昌は油の切れたブリキ人形のように首を縦に振った。

拓真は自分のパジャマのゴムを引っ張って中を確認した。びっくりしたせいですっかり縮み上がっているが、濡れてはいない。

今度は顔を上げ、呆然としている昌の横顔を眺めた。まるでこの世の終わりのように打ちひしがれている。

尻についた土をおざなりにはたいて、のそのそと居間に上がった。

アヒル座りをして背を丸めている昌の布団に、シミが広がっていた。

拓真はうなじをこすった。

「冷たくはないか」

昌が顔を上げた。泣き出しそうだ。漏らすのは下からだけにしてほしい。

「寝小便くらいでびびるんじゃねえ。あれだけスイカ食ったんだ、そら小便だって出口と見りゃ出るのが道理だ。どけ。干せば問題ない。いつまでもお前がその上に座って番してたとこで乾きゃしねーんだよ」

拓真は布団を乱暴に引っ張った。昌が畳にごろんと転がる。

庭の物干し竿に引っ掛けた。

「おお、この天気ならよく乾くぞ、心配すんな大丈夫だ」

昌が転がったまま何か言ったようだった。

「なんだって？」

「……ごめん」

拓真は昌の冷や汗まみれの顔に、眠たげな視線を当てた。

「安心した」

昌が唖然《あぜん》とした顔で拓真を見た。

「お前はまだガキだ。本物の小二だってことがわかって安心した。ひょっとして小二の皮を被った年金受給者じゃねえかと疑ってたからな」

ふわあああ、と欠伸をする。「オレならこいつの」布団を親指で指して、拓真は半分閉じた目を昌に向けた。

「十倍はでっけー地図、描けるからな」

昌の目が見開かれた。

三日に一度回ればいいほうだった洗濯機が毎日回っている。玄関には二十七センチと二十センチの靴、外には自転車が二台。米二キロ、食パン二袋。調味料棚にはオリーブオイルやバルサミコ酢が加わった。

この家はこんなにやかましくて、ごちゃごちゃしてて、濃く詰まってるんだぜ、と拓真は誰に対してかドヤ顔をしたくなる。

昌を浴室へ追いやり、自分はジョギングに出た。何があっても走るし、厨房の掃除も欠かさない。

「うぃーっす」

帰りにスーパーに寄った。朝日とともに開き、夜八時には閉まるこの店は、農家の多いこの町に溶け込んでいる。レジのいつもの店員が、浮腫《むく》んだ目を向けた。

レジ台にかごを載せる。店員は息をするのすら面倒くさそうな感じでスキャンしていく。

「疲れてるみてーだな」

揶揄《からかい》と労《いたわ》り交じりの声を掛けると、スキャンの手を止めることなく「そーっすね」と無表情に返事をした。

「スキャンするのって面白そうだけど？」

「これが？」

店員はさもバカげたことを聞かれたというように半笑いになった。

「面白いわけないじゃないすか。毎日毎日、ピッピピッピピッピピッピピッピピッピピッピ昨日も明日もピッピピッピピッピピッピピッピピッピ。機械になった気分っすよ」

「オレんとこは毎日面白いぞ。米買ったり、洗濯機毎日回したり、パンツのゴム入れ替えたり、おねしょしたり」

おねしょ、と言ったところで、店員が眉をひそめた。

「オレじゃねえよ」

「違うんですか!?」

拓真は目を眇めた。店員は能面のような顔で告げた。

「六百九十八円です」

帰宅すると、昌は洗濯物を干していた。バスタオルを引きずっていたが、本人は気づいていなかったし、拓真もあえて指摘することもない。

朝食のメニューをネット検索して、フレンチトーストとハムエッグを作ることにした。プリントアウトしたレシピを見て冷蔵庫から卵・牛乳・バターを、戸棚から砂糖を出す。

六枚切りの食パンを重ね、一気に真っ二つに切る。卵六個をよく溶き、牛乳半パックを注ぎ、多めの砂糖を卵液に振り落として混ぜ、ザルで濾《こ》す。そこに食パンを浸した。

さて次は、とレシピを確認して愕然とする。※印で小さく「丸一日卵液に浸す」と書かれているではないか。

それを早く言え。「フレンチトースト」という名のタグに代えて、「丸一日浸す料理」としろ。なんだってこんな埃みたいな細かい字で書いているのだ、保険の約款《やっかん》か。

困り果てたときはグーグル先生だ。パソコンで「フレンチトースト　早業」と打ち込んでみた。三百万件のヒットだ。ほら見ろ、みんなぼけっと指をくわえて一日待ってるわけにいかないのだ。

プリントアウトしたものをわしづかみにして、台所に取って返す。

バットに浮かんでいるパンをフライ返しで持ち上げてみたら、確かに中心まで卵液が達していない。

プリントのしわを伸ばして食い入るように読む。

バットから耐熱皿に卵液ごとパンを移し、レンジで三十秒加熱。ひっくり返してまた三十秒。引き上げてみると卵液が十分にしみこんで、煮込んだ麩《ふ》のようにへにょへにょになっている。

よーし、いいぞその調子だ、と手のひらをこすり合わせ勝利を確信したら、フライパンを火にかけてバターを転がす。弱火にし、溶けながら滑るバターをフライ返しでつついてフライパン全面にのばす。

パンをバター溜まりにそっとのせる。じゅうっと音がして芳醇《ほうじゅん》な香りが立ち上り、押し付けるとフライ返しを伝って油と卵液が弾ける振動が伝わってきた。卵液がしみ出して泡立ち、激しく細かく弾ける。面白くてぐいぐい押し付け、揺すったり持ち上げたりして十分に遊んだ後、レシピをちらりと見ると「いじらない押し付けない動かさない」と明記されていて、戦慄《せんりつ》する。何その「見ざる言わざる聞かざる」みたいな三ない掟《おきて》。思わずレシピを握り潰し、ゴミ箱に放り込んでしまった。

「フン」

鼻で笑う声が聞こえ、拓真が振り返ると、のれんの下で昌が冷笑していた。

拓真は頬を膨らませ舌打ちしてゴミ箱から拾い上げ、半分キレ、半分しょげながらしわを伸ばし、再度レシピと向き合った。

ごしゃごしゃやってないでとっとと蓋をしておとなしく待て、というような指示が慇懃《いんぎん》無《ぶ》礼《れい》な丁寧語で書かれている。自分だけの食事ならこんな紙っきれに従うことはないのだが、と憤然としつつ、蒸し焼きにする。

コツは弱火でじっくり、らしい。

ジャム屋の息子にとって、「弱火でじっくり」は御家芸だ。

卵液が、煮詰められて茶色くなっていく。

レシピにはさらに「ただひたすらバカ面下げて眺めているな、裏がキツネ色になったらすぐさまひっくり返せ」という指令もある。フライ返しをパンの端から慎重に差し入れて、身をかがめて覗き込む。キツネ色というのがわからないが、網目模様の焼き目がついているので、ひっくり返す。びしゃっと卵液がガス台に飛び散ったが、それを拭いている暇はない。

レシピには「すぐさま蓋をしなければとんでもないことになる」とほとんど脅迫まがいの指示があるのだ。少なくとも、見たことはあっても、食べたこともなければ作ったこともない料理に関して、拓真はそう感じる。

蓋の隙間からの香りが濃くなった。しみ出る卵液はパンにすべて吸収されたのか、フライパン上に流れ出てはいない。

火を止めて蓋を開けると、閉じ込められていた湯気が一気に溢れ出た。甘くて優しい香りだ。

ふよふよしたそれは、あまりに頼りなく儚《はかな》げで、メレンゲのようだ。

焼き上げたフレンチトーストを積み上げてみた。なかなか壮観だ。

昌が作った黒スグリのジャムの残りを添えた。ジャムは作りたては柔らかいが、徐々に硬くなる。火を通しすぎた場合、さらに硬度は増し、下手をすると飴になるのだが、昌のジャムは程よい硬さに落ち着いていた。センスがいいのか。いや、オレの指導がよかったからだろう絶対。

昌はよく食べた。見ていて気持ちのいいほどの食いっぷりだった。

中心はしっとりしていて、口の中にじゅわーっとコクのあるふくよかな甘さが広がる。スグリの鋭かった酸味は円熟した深い酸味に変わり、風味も増していた。甘いフレンチトーストにはよく合った。

「こいつを冷蔵庫に入れとくから昼はこれを食え。スイカも半分残っている。昼寝をするときは布団の上と畳の上以外ならどこで寝ても構わねえ。オレのおすすめは風呂場だ。涼しい上に、何があってもシャワーでなかったことにできる」

安心させようと張り切っておすすめしたが、昌は不本意な顔をしただけだった。

「拓真の弁当は」

拓真は顔をしかめ、腹をさすった。

「嫌な記憶を蘇らせてくれるやつだ。腐るから向こうで調達する」

「冷蔵庫はないのか」

「あるにはある……」

だけど、あのプレハブにはなんだか入りづらい。みんなと昼飯を楽しく食えないような気がした。

「いろいろ事情があるんだ」


朝礼で拓真はボート池の掃除を命じられた。つばさとキルユーの三人が反射的に拓真を振り返る。園長はキルユーに「当分三人でやっていげンべ？」と確認した。雇われている身であれば、できませんとは言えず、三人は不満げな顔で承諾した。

ウェーダーを着て池に入り、柄の長い熊手で池の底をかき回す。

あーあーオレ何やってんだろう。ゴミさらうためにここに入ったんじゃねーんだけどなあ。まあいいか、考えたってしょうがねえし、やれって言われたことやってりゃ、給料もらえるんだし。

「そのままでいいの？」

「いいわけねーだろ」

声がしたほうに怒鳴り返した。

つばの広い帽子を被った女子が、柵に手をついて身を乗り出していた。

「お、ヒーローのお出ましか。だが、君に用はない。今オレはゴミ拾いという尊い仕事をしてるんだ。やっつけようったってそうはいかないもんね」

「ふざけないで。なんとかショーに戻れるように園長に頼んだら？」

「いい考えだ。頭下げてヒール役をやらしてくれってなあ」

熊手を引き上げると、煮込んだワカメのような藻がずるずると水面に現れた。相当臭い。

「そういう嫌味言わないでよ。あたしはヒーローの座はみすみす譲らないよ。せっかく射止めたんだから。どうしてもやりたいっていうなら園長に談判したら？　きっと公平なジャッジをしてくれる」

拓真は藻を岸に放り投げる。しぶきがつばさにかかったらしく、彼女は顔を乱雑に拭って悪態をついた。

開園のチャイムが鳴ると、続々と客が入ってきた。岸に上がる拓真と入れ違いにカップル及び、子供連れのボートが漕ぎ出していく。

拓真は岸辺を歩きながらネッシーボートを眺めて、空を仰いだ。雲がない。白のない青は、目だけじゃなく、深いところまで突いてくる。

「あっつぅ……」

手を翳《かざ》した。

池の真ん中から悲鳴が聞こえた。カモが一斉に飛び立つ。件《くだん》のネッシーボートが大きく揺れて子供がバシャバシャと水面を叩いて浮き沈みしている。

「助けてー」

母親が金切り声を上げてボートから手を差し伸べていた。

「ああ〜落ちた落ちた。しょうがねえな、まったくよーオレの出番だろうが」

拓真は池に入り、水を漕いで中央へ向かう。その姿をつばさは目で追った。

拓真が子供に近づくと子供のほうからしがみついてきた。

ボートに乗せ、拓真は岸まで水の中を引っ張っていく。母親は何度も何度も頭を下げ、わあわあ泣いていた子供はといえば、途中から拓真へと身を乗り出して早く進むようはしゃいだ声で命令していた。

岸に上がると、池に向かってしゃがんでえづいている中学生ぐらいの女の子と出くわした。彼氏のほうはなすすべもなく佇んで見守っている。

「大丈夫ですかぁ？　立てますかぁ？」

声を掛けると、女の子はゆるく首を振ってまたえづいた。アトラクションに酔ったらしい。

拓真は汚れたウェーダーを脱いで傍のベンチに引っ掛けると、彼氏の許可をもらって、女子学生をおぶった。救護室に運ぶ。その途中で、肩にハンバーガーとシェイクのゲロをぶちまかれた。ゲロを肩にのせたまま、池に戻る途中で迷子を保護し、迷子センターへ引っ張っていく。年端《としは》も行かぬ子供に散々、臭いと糾弾された。

水飲み場にしゃがんでTシャツを洗っていると、ショーが始まる音楽が聞こえてきた。

拓真の手が止まる。

背後を、子供が親の手を引いて走り抜けていく。早く早く始まっちゃう！

——いづまでもやれる仕事でねぇすけな——。

退院してきた卓司が、トシ子相手にこぼしていた光景が蘇ってきた。

廊下でバク転の練習をしていた拓真は居間からの父の声に耳を澄ませた。

——まあ、ここいらが潮時ってことだな——。

めったに自分からトシ子に話し掛けなかった卓司が、トシ子に話すのは弱音だった。

拓真の胸に不安が広がった。

そっと覗くと、卓司はうつむいていた。その視線の先は、装具をつけた左膝だった。

「なあに深刻ぶってんの。ガラでもね。悩むなんてやめやめ。へっちょはぐ《疲れる》だげだ」

トシ子の朗らかな声がじっとりした空気を吹っ切った。

足音が台所へと移る。

「あんだ、入院食ばっかりだったすけ、元気出ねのよ。力このつぐもの食えば気分も変わる。何食いてがっきゃ？　肉が？」

水音に続いて、てきぱきと戸棚を開け閉《た》てする音が聞こえてくる。

拓真は居間の扉から離れ、バク転した。

完璧に決まった。

静かになった居間をのぞくと、両親はちゃぶ台を挟んで座っており、トシ子はマグカップに口をつけ、卓司は濃紺色のジャムがはみ出たパンを食べていた。窓から静謐な陽光が差し込み、思慮深く二人を包んでいる。

振り返ると、玄関のすりガラスを通して、クリーム色の陽の光が差し込んでいた。


水が顔に跳ねて我に返った。

シャツのシミはとうに消えていた。それでも拓真はこすり続ける。

草むしりをしていると、背中においい、と声を投げ掛けられた。

カチンときた。誰だ、横柄に「おい」などと人を呼びつけるやつは。手を止めてじろりと振り返った。

光を背に小さい人が立っている。

強い光と影のコントラストのせいで、目の奥が痛い。

ゆらりと立ち上がった。

口が半開きになる。

「うおっ、昌じゃねえか。何してんのお前」

プリン頭が、より強く日光を反射させていた。

「ん」

眉ひとつ動かさず、昌はずいっと茶色のバッグを差し出した。

「なんだ？」

拓真は軍手を脱いで作業着のベルトに引っ掛けると受け取った。

ずしっとくる。

お昼のチャイムが鳴り響いた。

中にはピンクの蓋のタッパーが収まっている。取り出して側面から見ると、中身は二層に分かれていて、みっちり詰まっていた。上が黒スグリのジャムをこんもりと添えたフレンチトーストだった。それはいい。

下が。

「飯……」

飯にフレンチトーストの汁が染み込んでいっている。涌き起こるかすかな絶望をあえて無視して笑顔を作った。

「米どうした。お前炊いたのか？」

昌はうんと頷いた。

「玄関開けたらサトウのごはん、じゃなくて？」

「そんなの買う金ない」

「そうだった、小遣いやってなかったなすまん」

月の小遣いはいくらだったと聞くと、もらっていなかったと言う。

「欲しいときにもらっていた」

「そうなのか。なら必要なときは言え」

昌は気後れしたように目を伏せた。

「言いにくかったら、メールでもいい。持ってるだろ、赤い携帯。オレのアドレスも入っている」

サトミの携帯は継続している。

昌は頷いた。

「わかった。……でもご飯はパックより炊いたほうが旨い」

「そりゃ炊き方によるだろ」

デリカシーがすっぽ抜けた発言に昌がむっとする。

「もういい、持って帰る！」

「おっと」

奪い返そうとした昌の手を掠めて、高く掲げた。

「ちょうどよかったよ。昼飯買ってこなかったから。そこの日陰で食うべ」

水飲み場で手を洗い、ついでに帽子を取って頭に水を浴びた。シューと音を立てて蒸発しそうなほど頭が熱い。

「いただきまーす」

ベンチに腰掛けた拓真は、昌が固唾《かたず》を飲んで見守る中、フレンチトーストを頬張った。確かにこれはオレが今朝焼いたものだ。そして飯をほじる。予想通り、卵と砂糖と牛乳とバターが斑に染み込んでいる。

拓真は箸を持った右手を突き上げ気合を入れた。「拓真、いっきま〜す！」

大きく頬張った。

時間が止まった。

深くうなだれた。軽い頭を生まれて初めて重たく感じた。

合わない。断固合わない。いやいやいやないからこれは、この組み合わせはないから和洋折衷？　何それここでは無理合うわけねえだろぉぉぉ。

隣に座っている昌が感想を聞きたくて、うずうずしているのがわかる。

拓真の眉間には修行僧のような深く厳かな皺が集まり、その間に汗が溜まっている。

震えながら噛まずに飲み込むと、水面に浮上するように顔を上げ、深く息を吸い込んだ。

「うん、なるほど、ま、アレだな……」

頭を振った。箸を掲げ、天に向かって吼《ほ》えた。

「拓真、無事に帰還しました！」

「まずいってことか」

「旨いまずいは人それぞれだ」

「涙目になってるぞ」

「掃き溜めよりましだ」

二人の会話は噛み合わない。

ある説では、地球温暖化の原因の一つに数えられるひっつきカップルや、遊牧民の大移動のような家族連れが二人の前を横切っていく。拓真には手の届かない平和な幻想に見えた。

「昌、オレがここにいるってよくわかったな。お前はアレか。ウィスパーか。超スリムか」

「昨日、寝言で『オレはヒーローになる』ってイタイこと叫んでたから。ヒーローが存在するところで、自転車で行けるところはここしかないだろ。別にエスパーじゃなくてもわかるよ」

「なんだって？　オレそんな決意表明したのか。すげえなマジ。夢でまで誓いを立てるなんて、オレ、マジでスゲエ」

昌は興醒めな顔をした。

「金もないのによくここに入れてもらえたな。門番は寝ていたのか」

「門番なんかいなかった」

拓真は、昌のジーンズの裾にひっつき虫がみっしりくっついているのに気がついた。「まいったなあ」と情けなそうに頭をかいた。

手の中のフレンチトーストを口に押し込んで食べきると、ポケットを探って引っ張った。裏地が引き出されてきて一緒にくしゃくしゃになった千円札が出てきた。昌に渡す。

「ほら、これで次から入れ」

「どうやって入るの？」

「門からに決まってんだろ」

「門って？」

拓真は驚いた。「お前、遊園地に来たことないのか」

昌は視線を落とした。

「入り方なんて知らないよ」

「正門がある。藪《やぶ》ん中じゃなくてみんなが出入りしている一番賑《にぎ》わってるとこだ。レンガが敷いてあって草が一本も生えていない花壇と、ドブさらいしたばかりの噴水がある」

「ああ……あそこか。僕だけで入れてもらえる？」

「大丈夫だ。金持ってりゃ立派なお客様だ。門番のじじいに渡して、かわいいおこちゃま一名って言うんだ」

昌はヒネた笑みを口元に浮かべた。

「僕は別にかわいくはない」

「かわいいさ」

昌は顔を上げた。頬をハムスターの頬袋のように膨らませた拓真は、半泣きながらも弛《たゆ》まず甘い飯を口に押し込んでいく。

「お前は世界一かわいいさ」

「おねしょをしてもか」

「寝小便がなんだ」

「スイカを泥棒してもか」

「当たり前だ」

「本当の子供じゃなくてもか」

拓真はゲップをした。しっかし甘ぇな、と感想を漏らすと、空になったタッパーに蓋をする。

「お前はわかってねえようだから何べんでも言わなきゃならねえな」

タッパーを昌へ戻した。腿の上に拳を作ってうつむいている昌は差し出されたことに気づいていない。

拓真は茶色のバッグに放り込むと、昌の膝の上に置いた。

「お前は世界一かわいいガキだ」

昌は口を富士山型にした。涙がにじむ。それでも拳に力をこめて涙をこぼさないように踏ん張っている。

何度もこうして我慢してきたんだろう。

拓真は腰を上げた。

「喉が渇いたな。ジュースでも飲むか。昌何がいい」

「……」

「ウーロン茶でいいか」

自販機に向かって歩き出したとき、後ろから「コーラ」というはっきりしたリクエストが聞こえた。拓真は大笑いして「おうわかった」と背中で手を振った。

自販機の前に立ってポケットに手を入れる。空っぽだ。つい今しがた、有り金全部を昌に渡したんだった……。プレハブの事務所まで行けば財布はあるが、人を見れば小言を言わずにおれない園長と顔を合わせなきゃならないと思うと億劫《おっくう》になる。

つばさがやってきた。

「ナイス登場。さすがヒーローだ」

ろくでもない予感がしたのだろう、つばさは嫌な顔をした。

「出会いがしらに悪い、コーラおごって」

ふざけるな、と回し蹴りを食らった。さすがに蹴り慣れているだけあってフォームとキレは文句なし。拓真は油断していたせいで踏ん張るタイミングを逃し、くずかごへ突っ込んだ。

山が崩れ、拓真が顔を突き出した。ゴミが散乱する。

つばさは、向こうのベンチで呆然とこちらを見ている子供を見やっていた。つばさの視線がゴミの山へ移動する。

もう一度ベンチへ視線が向かう。

茶色のバッグを抱えた昌がじっと見つめている。光と嬌声に溢れる園内において、眉間にしわを寄せ、古びたバッグを持っているその姿はなんともちぐはぐに見えた。

つばさは自販機にコインを入れ、コーラと紅茶を買った。

ゴミの山の前にしゃがんで拓真に声を掛ける。

「あそこにいる子、あんたの知り合い？　こっち見てるよ。あっ。こっち来た」

拓真は雨水やジュースを吸ってふやけていたアイスのコーンを額に垂らし、黄ばんだ幽霊のようになっていた。

そばに来た昌をちらりと見上げると「知り合いって言うか」と言葉を切り、ぎゅっと顔をしかめた。「くっせ、マジくっせ。おい、ファッキュー、ゴミの分別をショーで教えてやれ！」

「しーっ」

つばさは拓真のこめかみを拳で挟んでぐりぐりと捻り回した。拓真は悲鳴を上げてもがく。

「余計なこと言うなバカチン。子供に聞こえちゃうじゃないの。げぇっ臭い！　マジ臭いんですけど！」

「なんか湿ってんだよ。いだっ。噛まれた。首の後ろなんか噛んだちくしょう！」

うなじに手をやり、つまむと、それは二センチはあろうかという赤いアリだった。

「うおっデカッ」

「なにそれ、怖っ」

二人が度肝を抜かしていると、小さな手が伸びてきて、拓真の手からアリをつまみ取った。昌だった。平然と茂みへ向かって放り投げた。

二人は面目を失い目を見合わせ、拓真はなんとなくコーンをつかんで、くずかごに投げ捨てた。

「分別しなさい」

つばさの正義が飛んだ。


昌と別れると、拓真はトイレに駆け込んで吐いた。

さすがにタッパーいっぱいの牛乳卵砂糖バター飯はきつい。

「くっそー鬼の所業か。オレに何か恨みでもあるんじゃねえのか」

フレンチトーストと飯は別々に食ったらほとんど完璧だったはずだ。それなのに、合体させるとこうも人体に甚大なショックを与えようとは。修行だな。こら苦行だよ。つかいったい何のための修行なんだよっオレ何の修行してんだよ。え、もしかしてヒーローになるための修行？　いやいやいやいやヒーローって別に胃腸を鍛えればなれるとかそんな決まりないからね。

ぜーぜーとあえいで、水を流す。

「作ってくれたのに文句、言うんじゃないよ」

つばさが釘を刺す。

「お前にオレの気持ちがわかるか。つか、この気持ち悪さがわかるか、わかってたまるか」

またこみ上げてきた。

「あの子って、あんたの身内？　妹？」

トイレの入り口に立つつばさの影が長く伸びている。

「妹じゃねえよ、姪《めい》だ」

えづく。つばさは顔を背けて耳を塞いだ。

「それにしてもお前よく一目見てあいつが女子だってわかったな」

「わかるよ、あたしだって女だからね」

「オレは最初ボウズだと思ったよ」

児童相談所で書類を見てわかったのだ。

「ああ、あんたなら男と女の区別をつけられなくてもおかしくないけどね」

トイレに入ろうとした男性が、つばさにギョッとして、あたふたと去っていく。つばさは動じることなく腕を組んだ。

拓真は手洗いの蛇口の下に顔を差し込んで口をすすぎ、ヨロヨロと後退して便器のふたにへたりこんだ。吐くってめちゃめちゃ疲れる。

「姪御さんを預かってるんだ？」

つばさは納得した。「あたしはまた、前の彼女にでも子供を押し付けられたのかと思った」

「ぞっとするようなこと言うな。そんな失敗はしない」

「なんで姪御さんを」

「昌っていうんだ」

「なんで昌ちゃんを預かってるの？」

「どうだっていいだろ」

つい放ったつっけんどんな言い方に、つばさがキレるかと一瞬覚悟した拓真だったが、回し蹴りもドロップキックも飛んでこなかった。

個室から顔を覗かせた。

つばさはうつむいていた。

拓真は息を吐いた。額の汗を肩で拭った。

「……妹が死んだんだよ」

口の中に苦味が広がる。

手洗いの蛇口から水滴が落ちた。

立ち上がって蛇口を締めたが、まだ零れ落ちてくる。

「たく、これぐれぇ直す金すらねえのかこの園は。しみったれてんなあ」

「死んだって……」

つばさは顔を強張らせた。「いつ」

「え？　けっこう前。三ヶ月かそこら前」

つばさからの反応はない。

死因や年など事細かに聞かれたら面倒だな、と思ったが、つばさは長い沈黙の後で、尋問することはなかった。

「あんた休まなかったじゃん」

「よく覚えてるなあ」

拓真は感心した。つばさは唇を噛んだ。

「休みたくねえよ、ショーがあるんだから」

薄情者、とつばさが喉の奥から漏らした。けれども詰っているのでもなかった。

「いやあ、たまげたね。妹に八歳の子供いたなんてさ。びびったね。つかさ、そんな大事なことすら知らされてなかったオレっていったい何なわけ。これってわりとショックだったね」

「こう見えてね」

「そう、こう見えてよ。……頼りない兄貴だけど、オレいちおう兄なわけ。なんかさあ。なんか、裏切られたって言っちゃあアレだけど」

拓真は顔面を片手でなで下ろし、ため息をついた。

「やっぱりけっこうショックでかかったわぁ」

「あんたたち、仲良くなかったの？」

「わかんねえな、どうなんだろ。けど、別に大ゲンカしたとか、そういうことはなかったな。兄貴と妹なんてこんなもんなんじゃねえの？」

しばらくつばさは黙っていた。

「頼りないとか、裏切ったとか、そういうんじゃないと思うよ」

「はぁ？」

「言えなかったんだよ。そういうこと、あるよ」

「なんだよ、それ」

「女の子の気持ちはさ、いろいろあるんだよ。だからそういうこともあるんだよ」

「わっかんねえよ」

園内をご機嫌なマーチが流れていく。「大丈夫なの？」

「なにが」

「一人で育てられるのかって聞いてんの」

「なんとかなるだろ。昌はもうほとんど自分でできる。弁当だって作って持ってきやがった。あれだけデキた小二はそういねえ」

彼女の名誉のために寝小便のことは秘匿だ。

「甘い。あんたは戻した飯より甘い」

つばさに指差され、拓真は渋面をした。

「相手は女の子なんだよ」

「わかってるよ、それがどうした」

「わかってない！　これから難しい年頃になっていくんだよ。心も体も。あんた対応できんのっ」

図星を突かれ、拓真は一瞬言葉を飲んだ。

「……大丈夫だ」

「は？」

「大丈夫、問題ない」

「何言ってんの」

つばさは理解不能時特有の薄ら笑いを浮かべている。

「なんとかなる」

根拠のない断言は拓真の真骨頂だ。

卓司が死んだとき拓真は遺された二人に向かって「大丈夫」と断言した。トシ子とサトミの耳に届いていたのかどうかわからない。だが、自分の耳にだけは確実に届いた。

「なんかあったらそんときはそんときに考えりゃいい。起こりもしない問題は考えない、いちいち考えてたらやってられない」

過去、幾度となく大丈夫でないことに襲われた。その内の三回はただただ激烈な悲しみだけがあった。虚無があった。寒くて仕方なかった。

それらを追いやるために、断言し続けなければならなかった。

だから拓真はアパートでも昌に言ったのだ。

言うしかなかったのだ。

「大丈夫」

もう自分に対しては言わなくてもよくなっていた。昌のこれからに対して発したものだった。昌は悲しかったはずだし、虚しかったはずだし、恋しかったはずだし、悔しくて腹が立って痛くて寒かったはずだ。ぐちゃぐちゃだったはずだ。拓真にはよくわかる。

サトミが死んで何が「大丈夫」なのかと食って掛かられてもしょうがなかっただろう。しかし、昌はそうしなかった。

そんな昌を見て、自分は傍に居て、言い続けなければならない。

そう思った。

「行けよ。ショーが始まる。ヒーローが遅刻じゃまずいだろ。ゴミの分別、ちゃんと仕込めよ」

つばさはまだ何か言いたそうにしながら、腕時計を一瞥して去っていった。拓真は一つ深呼吸すると、勢いをつけて立ち上がった。

ポケットに差し込んでいた帽子を被り、ベルトを締め直した。

便所の外に出ると強烈な日差しにクラッとさせられた。音楽や子供の歓声、劇画調のせりふが響く。キックやパンチの効果音に追われるように拓真は池に向かった。

鈴木ドクターのところへ寄って、膝の調子を診てもらい、筋トレしてから買い物して帰ってくると洗濯物と布団が取り込まれていた。

夕飯を食べた後、拓真は気が進まないような昌を連れてスイカ畑の主、田畑老人を訪問した。

拓真は昌の頭を押さえつけて二人で頭を下げた。

小瓶に詰めた黒スグリのジャムを差し出す。

「これ、こいつが作ったんです。すんません、スイカ旨かったです」

じいさんは「スイカがジャムさ化げだじゃ。この間のジャム、んめがった」と昌に笑い掛けた。昌は少し臆《おく》したものの、それ以上に誇らしそうだった。

辞去した帰り道、昌が「あのじいさん、鼻と耳から毛が生えてた」と言ったので、拓真は歯の隙間から笑った。

寝小便をしたのはあの一回きり。小遣い要求のメールはない。テーブルに百円をのせておいたらなくなっていた。五百円をのせておいたら、一列に並んだ三枚の百円玉に替わっていた。昼になれば自転車で弁当を届けに来る。受け渡し場所は門の外の駐車場だ。

大概はサンドイッチだった。たっぷりのスグリジャムとピーナツバターをはさんだパンや、トマトジャムとすりおろしショウガ、ニンニク、みりん、醤油を混ぜた甘辛いソースで漬け焼きした肉を挟んだサンドイッチや、川魚の塩焼きが挟まれたサンドイッチ。

日に日に上達していった。フレンチトースト飯の悪夢が一掃されるほど。

昌は弁当を渡すとすぐに帰った。順たちと川遊びや虫捕りで忙しいのだという。小麦色の肌をして、子供らしくちょこまかと動くようになってきた。自転車の運転技術がまだ若干気がかりではあったが、よほどのことがない限り転んではいないらしい。

少年三人の自転車は比較的新しい。一人だけボロいものじゃつまらないだろうと、買ってやろうとしたら、要らないと断られた。

「遠慮すんなよ」

「してない、コイツでいいんだ」

昌はハンドルを軽く叩いた。ライトが外れてぶら下がった。二人は揺れるライトを見下ろした。

「……ほんと、遠慮すんなよ」

「欲しくなったら、そう言う。今んとこコイツがいい」


門の前でつばさが待っていた。

「ちゃんと食事摂らせてんの？」

しかつめらしい顔をして首を突っ込んでくる。キョトンとした拓真の顔から何をどう受け取ったものやら、つばさは険しい顔をした。

「あんたんち、行ってやろうか」

突然の申し出に、拓真はギョッとした。

「え、なんで家庭訪問。オレちゃんとやってるし」

「粗探しに行くんじゃなくて、ご飯作ってやるから」

「はあ!?」

拓真の叫びに連動するかのように、噴水がどっと派手にぶち上がる。小便小僧のつまりを取ったら、迸る水の勢いが半端なく、向こう側まで届き、虹ができるようになっていた。

「大丈夫だって、ちゃんと食ってるってば。もうフレンチトースト飯じゃねえよ」

「あんたに食わせるためじゃないよ」

つばさはにべもない。「昌ちゃんが心配だからだよ」

拓真は面倒くせえことになっちゃった、とぼやきながらも、飯を作ってくれるってんならいいか、とちょっと考え直し、住所を教えた。

自転車のハンドルを握ると、手のひらに痛みを感じた。それまでありえなかったマメができていた。

自宅のシャッターの前に、ギラギラ光るバイクが停められていた。吸い寄せられて惚れ惚れと眺める。たっぷり眺めてから、玄関へ向かうと肉汁のいいにおいが漂ってきて、胃液がじわっと染み出した。弾むつばさの声が聞こえる。

引き戸を開けると、油の跳ねる音と、タマネギに火が通る香りが強くなる。

「あ、なんか懐かしい匂いがするー」

玉のれんを頭で押しのけて台所に顔を出すと、ジーンズの上からこげ茶のカフェエプロンを着けたつばさと、手伝う昌の姿があった。

つばさが「おかえりー」とごく自然に迎え、昌が拓真の脇をすり抜け、ハンバーグを居間へ運んでいく。

「すげー、ハンバーグだ」

「昌ちゃんって手際がいいんだね。一回教えればすぐにできる」

「オレの姪だから当然だ」

「そこが残念なとこだよね」

居間の昌が「待て」を命じられた犬さながらにハンバーグの前にかしこまって、皿を凝視している。艶やかな薄桜色で、とろみのあるジャムをベースにしたソースがかかっている。果実が粗く潰されていた。見張っていないとハンバーグが逃げるのだろう。そこまで耐えているのは、自分たちが揃うのを待っているからなのだと拓真はわかった。

「待たせたな、昌」

拓真は昌の向かいに、つばさは昌の隣に座して食べ始めた。

「あれ？　このソース、モモ？」

「昌ちゃんが作ったんだって。庭のモモでバルサミコ酢と醤油を合わせたそうだよ」

拓真は雑草の向こうのモモの木を見やった。雑草がモーゼの海渡りのように割れて、モモの木に至る道が一筋できていた。

昌は黙々と、というかガツガツと食べる。脇目も振らず一心不乱だ。ぼりぼりとかく脛には赤い虫さされの痕がいくつもある。

「昌ちゃん、ジャム作り上手だね」

つばさが気さくに話し掛けると、昌はハンバーグから目を離さないまま頷いた。

つばさはスーパーで買い物をすると、遊園地からまっすぐここへ来たそうだ。食材費だけでも払おうとしたら、つばさは断った。

「女に払わせるなんて、そういうわけにはいくめえよ」

「古っ。男だ女だなんて今時。ろくな女と付き合ってなかったでしょ」

ちくりと刺され、拓真は苦笑いした。

「いいから、とっとけよ」

「じゃあ半分いただきます」

つばさは拓真の差し出した紙幣を半分返した。

昌はつばさを覚えていた。自販機の前で拓真をくずかごに蹴りこみ、コーラを買ってくれたお姉さんだ、と。コーラの礼を言ったらしい。

「オレにはいっぺんだって礼を言ったことねえ」

拓真は身を乗り出して、昌の頭のてっぺんに拳をねじ込む。昌はハンバーグに集中していて反撃もしない。

「身内だからじゃないの？　ね、昌ちゃん」

昌の口の周りはソースでベタベタだ。

早々に食べ終えた昌が、拓真のハンバーグをチラっと見た。

「やんねーよ」

拓真は皿をかき抱く。つばさが、口をつけた自らのハンバーグを差し出した。「昌ちゃん。ちょっと食べちゃったけど、食べる？」

「食わねーだろこいつは……っておいーーーー！」

昌は皿を受け取り「ありがとう」とあっさり頬張った。拓真は歯軋りした。顔を昌の眼前に突き出し、押し殺した声で「お前どーゆーつもりだ。オレが齧った玉子焼きは食べなかったくせに男女差別か、えこひいきか。それとも何か、草むしりしてる男から恵んでもらうほど落ちぶれてねーとでもいうつもりか、え？」

昌は拓真の顔を直視して無心に咀嚼する。

「バカにしてんのかゴルァアアア」

拓真はちゃぶ台にバンッと両手を突いて跳ねるように立ち上がった。

「やめなさいって」

つばさが箸で拓真の手の甲を突いた。

昌は相手にせず、ハンバーグを黙々と食べ続ける。


居間の明かりが差す仏間で、昌が蚊帳の中で眠っている。横向きになって、このくそ暑い中、丸くなっている。

拓真はちゃぶ台で肘枕をして、仏間に目を向けていた。昌の寝姿は団子虫に似てる。

腹が満たされると、昌はスコンと眠りに落ちた。その入眠落ちは拓真を爆笑させ、つばさをギョッとさせた。ゴシュッと音をさせ、空手の瓦割りみたいに一切の手加減もためらいもなく、ちゃぶ台に頭突きを食らわしたのだ。

死んだかと思われたが、規則正しい寝息を立てていた。つばさが昌の額を冷やしている間に、拓真は蚊帳を吊り、そこに布団を敷いた。

仏壇に線香をあげていたつばさがゆっくり振り返った。

「お父さんさ、事故で亡くなったでしょ」

声が硬かった。

拓真は肘枕を解いた。瞬きせず自分を見つめている青いような紅《あか》いようなつばさの顔に視線を置いた。「そうだけど、え何オレんちの親父、有名？　ちっさい町の窓際の営業マンが」

がばり、とつばさが頭を下げた。

「ごめんなさい。あんたの父親を死なせたの、あたしなんだ」

「は？」

つばさが何を言っているのか理解ができない。

「十八年前の冬。あたしは駅の階段で足を滑らせた」

拓真の顔に、問題が一気に解けた瞬間のような兆しが射した。

「あたしを助けたばっかりにあんたのお父さんは落ちて……」

「なんだって？　親父が助けたのってあんただったの？」

つばさは唇を噛み締め、眉の間に重苦しさを集めて視線を落とした。

ええ〜……という自分の驚きの声が響いている頭を、拓真は押さえた。あの日、名前は訊ねた気がする。だが、丸きり覚えていない。

「この家に来て確信した。遺影はやっぱりあのときのおじさんだった。ごめんなさい。本当にすみませんでした」

彼女は強く深く息を吸い込んだ。コンクリートで固められた胸に無理矢理酸素を送り込もうとするかのような息の吸い方だった。拓真まで胸苦しくなるような呼吸の仕方だった。

「あんたが瀬戸って苗字だと知ったとき、もしかしてと思わなかったわけじゃない。でもあんたに直接確かめる勇気がなかった。もしあたしがお父さんを死なせた本人だってバレたらあんたは恨むだろうな、罵倒するだろうなって」

膝の上で震えている握り拳は白い。

「あたしは強いヒーローを気取っておきながら、そのくせ、恨まれるのも罵倒されるのもめちゃめちゃ恐れていた。いつ切り出そうかとずっと迷っていた。一方でモヤモヤしているのも辛かった。これじゃ駄目だと思った——ごめんなさい」

「ごめんって……あれは、お前……」

真冬に、駅の凍結した階段で八歳の女児が足を滑らせて宙に投げ出されたのを抱きかかえ、そのまま落ち、頭をコンクリートでかち割った。

「単なる事故だ。膝が悪かったから、踏み切るときにバランスを崩したんだろ。お前のせいじゃねえよ、気にするな」

拓真は動揺を抑えたつもりだったが、声が震えるのはどうしようもなかった。

つばさは顔を上げない。拓真は顔をこする。

「いや、ほんと、もういいから。オレそういうの嫌なんだよね。誰かのせいとか恨むとか。ほんとやめて、そんなのないから」

鳥肌の立つ腕をさすった。正直、何年も前の話を蒸し返されても自分の感情の持って行き場がない。落ち着いていたんだ、大丈夫何も問題ないって言い続けて。バタバタと身内が死んでいく中で、大丈夫だって暗示をかけて。そうやってバランスをとってきた。

「もういいじゃん、つばさチャンは助かったし、親父はヒーローだよ。サボり癖のあるヒーローなんだ」

だいたい、親父は一人の女の子をこんなに苦しめるために助けたんじゃないし、誰かに恨んでほしくて死んだんじゃない。

つばさが鬱《ふさ》いだ顔を上げた。拓真は顔の前で手を振った。

「皮肉じゃないって。ほんとにヒーローだよ。オレの、憧れの」

恨みたくない。誰も恨みたくない。恨まなくていいんだ。ヒーローの息子が誰かを恨んだらかっこ悪いだろ。

拓真は昌に目を戻した。静かに眠っている。

「なあ、昌。そうだろ。てめーのじいちゃんはヒーローなんだぞ」

呟くと、閉じた薄い瞼が微《かす》かに痙攣《けいれん》した。

影の差す昌の顔には、卓司の面影がささやかに残っているような気がした。

事故の後、つばさは両親に連れられて瀬戸家を一度訪ねているという。そのとき、おばさんと女の子、男の子がいた。つばさの家はターミナル駅に近く、同じ町でも学区が違っていたため、拓真とつばさは知らぬ者同士だった。

緊張する自分に、気さくに話し掛けてくれたのは男の子のほうだったと言った。

「帰りに、ジャムをくれた」

「ああ……」

なんだかうっすらと覚えているような気がする。


葬式が終わって、くじら幕が取り払われ、祭壇が撤去され、仏壇が搬入された。うじゃうじゃいた人々がいなくなると、風通しがよくなった家に凍てつく風が容赦なく吹き込んできた。

つばさ一家が訪れたのは、その矢先だった。

子供ながらにも上等だとわかるスーツを着たおじさんとおばさん、その陰に隠れて短髪の子供がいた。

拓真はその子を少年だと思った。表情は心許なそうだが造りがきりっとしていたし、服装もボーイッシュだったから。

トシ子は三人を居間に通した。卓司の位牌に手を合わせた後、おじさんとおばさんは座卓の向こうに腰を下ろし、トシ子らに向かって畳に頭をこすり付けた。

拓真はおじさんが持ってきた紙袋に目を留めた。見たこともない優美なロゴが入っている。お菓子だという確信を持った後、改めて少年を見た。彼の顔は強張り、青ざめていた。サトミは拓真とトシ子の間に正座して少年を見据えていた。サトミの張り詰めた顔つきに、少年は怯えているらしかった。

大人が話しているのをよそに、拓真は少年に声を掛けた。彼は身を強張らせ、反射的に隣の両親に縋る目を向けたが、両親は話し込んでいて少年には心を配っていない。泣きそうな顔になった。

拓真はにこっと笑いかけて、自己紹介した。サトミのことも紹介した。少年に名を尋ねた。少年はおどおどと名乗った。拓真は仲良くなれそうだと思って、座卓を回り近づいた。少年は拓真から目を離さず、身構えていた。

拓真は庭を指した。モモやスグリの木にこんもりと雪が積もっていた。少年の手をとって二人は庭に出た。ずいぶん華奢な手で、卵が連想された。

女の子の手みたいだね、と口にすると、その子は大きく目を見開いて、まじまじと拓真を見た。

サトミは終始仏頂面で家から出てこようとはしなかった。そんなサトミに、その子は幾度かすまなそうな視線を送っていた。拓真はモモの木やスグリの木の実がジャムになるということを教えたのかもしれない。帰り際、一度も口を利かなかったサトミがその子に何かを押し付けた。


「ジャムをあげたのは、オレじゃない」

拓真は昌のあどけない寝顔に視線を当てたまま口を開いた。

「サトミだ――」

サトミはどういうつもりだったのだろう。

睨み付けていたサトミがジャムをあげるなんて。

「じゃあ、あのときの一言は、サトミちゃんの言葉だったんだ。あたし、あんたが言ったと勘違いしてたんだ」

「一言?」

「『だから、大丈夫』って」

「だから、大丈夫……」

両親が揃っているつばさに、嫉妬をしなかったはずがない。

悲しみと悔しさはあるけど、そんなものには負けないんだ。大丈夫なんだ。

うちの母さんはこんなにおいしいジャムを作れるんだ。だから、大丈夫なんだ。

そう言いたかったのだろうか。

そう思いたかったのだろうか。

自慢と、強がりと、負け惜しみと、それから、自らを鼓舞させる一言だったのかもしれない。

「あいつも、恨むなんてなかった。それだけは確かだ」

サトミの遺影を見上げていたつばさの肩から、すっと強張りが抜けていった。

つばさは仏壇に向き直ると、手を合わせた。

長い時間、合わせていた。

風鈴が鳴った。

「ジャム、あれすっごくおいしかったよ。なくなるのが惜しくてね、ちびちび食べてたんだ。食べてる間は罪悪感がうやむやになってたんだよ」

つばさは遠い目を遺影に向けていた。


目覚まし時計を止めると、スズメの弾む囀《さえず》りが庭から上がってくる。ジョギングスーツに着替えて一階に下りると、玄関に昌が座っていた。

「うおっ」拓真は壁に飛びついて心臓を押さえた。

「び、びっくりした。ちょっともうやめてよ座敷わらしかと思ったじゃんかぁ」

昌が立ち上がった。ジャージを着ている。

「何やってんの、てか何する気」

「僕も、行く」

「へ？　ああ、そう。ならついてくれば？」

朝靄の残る農道を走る。スイカ畑で、田畑老人が腰を曲げて作業をしていた。

「はよーざいまーす」

拓真は手を振る。田畑老人が顔を向けて腰を伸ばした。

「おー。この間のスグリジャムめがったー。ありがっとう」

「こちらこそースイカごちそうさまでしたー」

背後の昌にも挨拶するよう目で促す。昌はじいさんの鼻と耳に目を凝らしながら、田畑老人に向かってぺこりと頭を下げた。

「出てたか？」

「見えなかった」

「出てるだろうさ。日によって出たり引っ込んだりする代物じゃねえからな、毛ってのは」

運動公園までは順調についてきていた昌が、開店しているスーパーの前を過ぎた辺りで遅れ、大通りの終わりで、案の定へたばった。

「オレはもうちょっと先まで行くから、お前帰ってれば？」

縁石に座り込んだ昌をそのままに、いつものコースを回って戻ってくると、昌はまだそこにいた。拓真と合流して走り出す。

背後の昌の呼吸が遠ざかる。

振り返ると、昌は両手を膝について荒い呼吸をしていた。

「置いてくぞー」

拓真が呼ぶ。昌が真っ赤な顔をわずかに上げた。拓真は走り出す。大通りから路地に入ると畑が広がる。昌の姿が背後のカーブに消えた。

畑を渡る風の音だけがしている。

引きずる足音が近づいてくる。

足音が止まった。拓真が振り返ると、昌は驚いた顔で拓真を見上げていた。

スーパーに差し掛かると、足マットをデッキブラシで叩いていたいつもの店員が、顔を向けた。

ういーっすと拓真は片手を挙げた。肩の上には昌が乗っている。昌も手を振ったのがわかった。

店員はポカンと口を開け、目で追う。

膝がカクンとずれそうになったが、転ぶまでには至らなかった。何も知らない昌が「しっかりしろよ」と小バカにする。

「へたったおめえに言われたかねえよ」

帰ると飯が炊けていた。昌がセットしていたらしかった。

すげぇなこいつ。教えてもねえのにやるようになったのか。拓真は昌の気働きのよさに思わず感心した。

おかずも、昌が作りたがったので、遠慮なく任せることにして、拓真は厨房を掃除した。

居間に掃除機をかけながら台所を気にかけると、昌はせっせと何かを炒めていた。

その背中はゲームに没頭しているときのそれとはまったく違い、ジャムを煮るかつてのサトミの背中にそっくりで、拓真は足を止め、しばし見つめていた。

食卓にはご飯、ウィンナーとアスパラのごま味噌炒め、スナップエンドウの醤油マヨネーズ和えが並んだ。

「おおすごい！」

拓真の感嘆に、昌は頬を赤くして、膨らませた鼻の脇をかいた。それから胸の前で手を合わせた。

「いただきます」

挨拶したので、拓真は意外そうな顔をした。昌は何だ文句あンのかよ、と言いたげな目で拓真を一睨みすると、皿に覆い被さるようにして食べ始めた。

味噌にニンジンジャムを混ぜたようだ。粗めのペーストにし、砂糖を減らしたことで、ニンジン本来の甘さと旨味を際立たせている。

「ジャムの使い方が上手いな。サトミが仕込んだのか？」

昌はほっぺたをパンパンにしたまま頷いた。

「そうかっ」

拓真はとびきりの笑顔になった。

「つばさちゃんも褒めてくれた」

「ふぅん、よかったたな」

時間差で炒めたのだろう、アスパラは歯ごたえが残っていたし、ウィンナーは香ばしい焼き目がついている。ごまの香りが鼻に抜けた。エンドウのゆで加減も絶妙だ。

「つばさちゃん、また来る？」

「え？　知らねえよ」

どうでもいいことなので、拓真はごま味噌炒めを頬張るついでにぞんざいに答える。

「来ないかな」

「来てほひいのか」

「……だっておいしいんだもん」

「飯炊ひ係じゃねーっへ蹴られるぞ」

「蹴られるかな」

口の中の物を飲み込んで、拓真は遠い目をした。

「……お前はどうか知らねーが、オレは確実にドロップキックだな」

昌は上手にスナップエンドウをつまんで口に入れた。

「拓真、僕にもドロップキック教えて」

「知らねえ。やったことねーもん。つばさチャンから聞け。あいつは日々他人の頭にドロップキックを食らわしてるベテランだ。足癖が悪いったらない。癖というか、むしろあいつはドロップキックからできている。あいつからドロップキックを取ったら何も残らん」

拓真はウーロン茶をくーっと飲んだ。

「拓真から阿呆を除いたら何も残らないのと同じ？」

「そうだな……あ？　ささやかにムカつくことが聞こえたが、この際無視しよう。あいつはキックからできている。オレが愛でできているのと同じようにな」

食べ終わると、拓真は洗濯物を干し、昌は茶碗を洗い始めた。

「僕、つばさちゃんの電話番号聞いたんだ」

「なんだよ、じゃあ呼べばいいだろ」

昌がさっと顔を上げた。

「いいのっ？」

あまりに顔が輝いているので、拓真はたじろいだ。

「お、おお。いいに決まってんだろ。ここはお前の家でもあるんだから遠慮なんかすんな」

昌はじっと拓真を見据えた。本心から言っているのかどうか疑っているようだ。

「お前だって人んちに呼ばれるだろ」

「呼ばれた。庭でとうもろこし焼いた。魚も焼いた」

「川原のガキどもだな」

昌はほっぺたを上げて頷いた。

「じゃあ呼ぼうっと」

昌は気分を取り直すように弾んだ声を上げた。

ゲーム機には埃が積もっている。

洗濯かごから取り上げ、パンッと振ってピンチに挟む。

黒ビキニだ。

役立ってはいないのに、無意識のうちにはいて行っているのだ。

「順くんの家に行ったらさ、かき氷の機械があったんだぜ」

昌は泡だらけの右手をぐるぐる回して見せる。ゲーム機はもう、こいつにとって必要ないのだろうか。

「来週は弁当持って遊園地に行くんだ」

「げっ、何しに来るんだ」

洗濯物を避けて渋面を出す。

「何しにって、遊びに決まってんじゃん。それでさ、あのさ……」

昌が踏み台から飛び降りて拓真のそばへやってきた。手のひらをジーンズにこすりつけてもじもじし始める。

「便所は突き当たりです」

「小遣いちょうだい」

手を差し出した。少し腫れぼったく、きめの細かい手のひらには、火傷や切り傷の痕が残っている。

初めて小遣いをねだられた。

拓真は目元を緩ませた。「もちろんだ」

昌はほっとした笑みを見せた。

「弁当はオレが作ってやる」

「ほんと？」

昌の顔に朱が差したが、すぐにその朱は体内に吸い込まれるように消えた。乗り出し気味だった身を引き、首を振った。

「いいよ……仕事だろ」

「なんだよ、そこは遠慮すんのか。仕事と弁当作りは関係ねえだろ。サンドイッチでいいか？」

「いらないって。自分で作れるから」

「作れるのと作ってもらうのとでは」

——旨さが違う——とテレビから醤油のＣＭが流れた。

「だ、そーだ」

拓真がテレビ画面の横に、無駄にきりりとした顔面を並べた。

昌は頬をぴくりとさせ、茶碗洗いに意識を戻した。

拓真には少しわかってきた。こういう顔の昌は少なくとも不愉快ではないらしい、と。

——なんか、つまんなかったね。

——あんなにトロトロして。スローモーションみたいだったね。

舞台周りの草をむしっていると、背後をため息混じりの子供の声が通り過ぎていった。

「キルユーだって疲れてるんだよ。いつもいつも戦ってるんだから」

お父さんらしき人が二人の子供に言い聞かせている。子供はますます興ざめな顔をした。

子供という生きものは現実に引き戻されるのを嫌う。

「あいつら、三人で四人分の働きをしなきゃならないから疲れてんのかな」

拓真とつばさはベンチに並んで腰掛け、昼ご飯を食べている。

親子の会話と自身の考えをつばさに漏らすと、つばさはこの世のものとは思われないほどの形相をした。拓真はじりじりと離れた。

「やっぱりだ、ほら見たことか！　あいつら全然やる気ないんだよ。お義理丸出しのこんにゃくみたいなパンチ出すわ、声と全く合ってない動きはするわっ。だらっだらっだらっだらっだらっだらっ馬の小便みたいで！　三人が四人になったからっていうより、ショーに対する心構えが緩くなったんだ。こんなもんでいいかってやっつけ仕事が見え見え。あんたがいたときは違ってたのに……っ」

つばさは箸をガリガリと噛んだ。

なぜか知らないが、風当たりが強くなってきたような気がして、拓真は話を逸らした。

「つばさチャンの弁当って親が作ってんの？」

「まさか。あたし」

「へえ」

旨そうだ。鶏の照り焼き、ブロッコリーとツナのサラダ、春雨のトウガラシ炒め、プチトマト、ウィンナー。

「タコじゃないんだな」

「何が」

「ウィンナー」

「バカバカしい」

つばさが頭を振って堂々の鼻息を吐いた。

「おお、そういうとこ潔くて男らしいなあ」

蹴りが飛んできたが、拓真はさっと避けた。

つばさが瞠目《どうもく》した。

「全然衰えてないんだね」

「何が」

「ショーの反射神経が」

つばさの意に反して、拓真は複雑な顔をした。

「何、どうしたの」

「……べっつにぃ」

サンドイッチにかぶりつく。ヒーローのプレハブの冷蔵庫に入れさせてもらっていた。

「あんたがいないと、三人の負担が増えるっていうより、ショーに対しての熱意がなくなるんだよ」

弁当に視線を落としたまま、つばさが苛立《いらだ》ちを奥歯に込めた。

拓真は横目でつばさを見て、ぼんやりとサンドイッチを口に運んだ。

中身のハンバーグは分厚く、ピリ辛でスパイシーなソースは甘さを抑えたトマトジャムにガラムマサラを加えたものだ。

本当に昌は上手くなった。

サトミの血が、トシ子の血が確かに伝わっている。

つばさのほうから着信音が発せられた。ジーンズのポケットからスマホを取り出し、口に入っているものを素早く飲み込んで耳に当てる。

「ああっ昌ちゃん」

パッと明るい声に変換できるつばさに、拓真は尊敬の眼差しを向けた。

「いつ？　うん、いいよー。はいはーい、じゃあねえ」

画面を叩いてポケットに収めた。

「……何がいいよー、なんだ」

「ご飯のリクエスト」

「お前知ってるか、あいつは単に飯炊き係としてお前を呼び出しているにすぎないということを」

今度こそ、拓真は蹴り上げられた。


妙に晴れ渡って、明るい空だった。セミの鳴き声はなく、ぬるくとろみのある風がスイカ畑をざわめかせていた。

その朝、つばさがやってきた。食材が詰まったエコバッグを肩に掛けている。昌の要望で朝食を作りに来たのだ。

台所で、つばさが朝食を、拓真が昌の弁当を作ることになったが、狭くて何度もぶつかった。

ついにつばさが、「なんであんたはあたしの行く先々に突っ立ってるんだ。邪魔でしょうがない。相撲のぶつかり稽古じゃないんだから」とか「あんたはあたしをイラつかせたくて仕方ないんだろう！」とヒステリーを起こし、拓真も「阿呆抜かせっ狭いんだからしょーがねーだろ」「大体つばさチャンはタイミングが悪いんだよ。なんだって昌の弁当を作る日にお前が来るんだ、もっと勘を働かせろ」と応酬し、つばさはさらに「あんたに勘がどうのこうのと言われようとは思いもよらなかった」と続けたが、蹴りは飛んでこなかった。狭くて蹴られなかったのだ。

「ごめん、僕がタイミング悪く呼んだから」

小さいことで諍《いさか》いを起こす二人に、いい加減に謝りながら、昌は板戸の隙間から厨房を覗き込んだ。「こっちの広い台所を使えばいい」

シャッターの隙間から差し込む光が、何年もただただ磨かれるだけで機能してこなかったステンレスの調理台やごついガス台や大型冷蔵庫の表面を滑っている。

昌は拓真を勢いよく振り返った。失敗した、という顔をしている。

「なんだよ」

「やっぱり駄目だよね」

ボソリ、と独りごちた。

「ここ、すごく大事にしてるでしょ」

毎朝どこの部屋より手間をかけて手入れをしていることから、そう考えたらしい。

「拓真の宝物なんでしょ」

拓真は返事に詰まった。自分にとっての厨房の存在価値を、昌に感じ取られていたとは。

昌は拓真をじっと見つめた。

厨房を覗いたつばさが声を弾ませた。

「こんなに広いんなら、こっちのほうがいいね。プロ仕様で使い勝手もよさげだ。ストレスフリーじゃん」

拓真は何でもないように「まあね」とあしらい、台所で慌しくガスや水道を使い始めた。

タマネギをみじん切りにして炒めたり、ゆで卵を粗く潰したりしていく。

厨房に踏み込もうとしたつばさの手を、昌がとっさにつかんだのが見えた。拓真は手を止めた。昌に見上げられたつばさは、はっとした顔で見つめ返し動けなくなっていた。

拓真は手元に意識を戻す。ゆで卵と炒めタマネギをカボチャのジャムでざっくり和える。

昌は、壁のスイッチを押して電気をつけた。

「すごいねこの厨房。収納力もバッチリ。すっきりして機能的。ピカピカでクモの巣一つないよ」

二人は入り口から身を乗り出した。拓真はサンドイッチ作りに戻った。

カボチャのジャムで和えたものを春巻きの皮で包みカラリと揚げる。トーストにレタスを敷いて春巻きをのせ、スグリのジャムをかけてサンドし、三角形に切った。子供四人分と、自分の分も作ったのでそれなりの量になった。

没頭していた拓真が我に返って厨房へ顔を巡らせると、上がり口に腰を下ろして手を繋いでいる二人の背中があった。


「ほら、世界一旨いサンドイッチだ」

スニーカーに足を突っ込んでいる昌に、拓真はサンドイッチの入った茶色いバッグを突き出した。

「マズかったら池へぶちまけてやる」

昌は奪うように受け取った。

「もし遊園地でオレを見掛けても、嬉しがって声掛けるんじゃねーぞ」

「掛けないよ、死んでも」

「言うじゃねえか。それからなぁ調子こいて乗り物乗りまくるんじゃねぇぞ、運動神経が壊滅的なやつは必ず酔うからな」

「わかってるよ」

昌の声に怒気が含まれた。つばさがニヤニヤしながら口を挟む。

「拓真、すっかりおとーさんだね」

二人はキッと顔を上げた。

「こんなやつの親父になった覚えはない」

「こんなやつの子供になった覚えはない」

つばさはわざとらしく眉を上げてみせた。

遠ざかる自転車を見送ってから、つばさが腰に手を当てて拓真を叱った。

「女の子なんだから、もっと優しくしてあげなよ。そんな乱暴な言いっぷりだと嫌われるよ」

「まあ好かれてはいねーだろうな」

ゆるゆるのスウェットのパンツをずり上げる。つばさは心底呆れたと、目玉をぐるりと回して見せた。

「お前も女なんだからもうちょっと優しくなんねーかね。そんなんだと男、できねーよ」

次の瞬間、拓真は「ぐふぇ」と呻《うめ》き、顔を見る間に青ざめさせると、体を屈めたまま廊下に崩れ落ちた。つばさの膝蹴りが鳩尾《みぞおち》にヒットしたのだ。

「昌ちゃんが蹴りを教えてほしいってゆってたっけ」

拓真をまたいで廊下を行った。


夏休み中なのに暇だった。みんなどこへ行ってるんだろう。クーラーのある図書館だろうか、それとも千葉県のネズミーランドだろうかと思いを巡らせながら拓真は雑草がパンパンに詰まった四十五リットルゴミ袋四つを乗せた一輪車を押していた。

「暇だろっ」

弾んだ声を掛けて並んだのはキルユーの一人、鈴木だった。

「暇じゃねえ」

「ジェットファイターの試乗しろってさ」

ジェットファイターは回転しながら上下する二人乗りのアトラクションだ。

「わかったよ、これ終わったら乗ってやるよ」

「拓真あ、エンチョーに謝ってショーに戻ってこいよ」

一輪車の前に鈴木が立った。

「オレたち、お前が戻ってくるの待ってんだよ」

「部活かよ」

「正直三人ってきついしさー」

「知るかよ。おめーらの蚊トンボ並みの体力が悪いんだろ。マメ作るほど草むしってみろ、いっぺんに筋力つかぁ」

わずかに左側によろめいた。

「お前、やっぱり足」

「どけ、オレは忙しいんだよ。ゴミの分別しねえくそ野郎どものせいでな、こびりついた酸っぱいオレンジジュースを洗い流さなきゃなんねんだよ。お前らの女々しい愚痴なんぞに付き合ってる暇はねーんだ、どけっ」

一輪車で轢《ひ》こうとすると、相手はゴミの上に飛び乗った。

「謝れば済む話じゃん、何意地張ってんのよ」

一輪車を揺さぶって振り落とそうとしたが、相手は絶妙のバランス感覚で、決して落ちない。力は弱いが執念深さはひっつき虫以上だ。

諦めて、拓真はハンドルから手を離した。

「土下座してキルユーに戻してくださいって泣きつけってのか？　ヒーローがそんな真似できるか」

「はあ？」

鈴木がものすごく低レベルなシャレを聞いたみたいな顔をした。

「何言ってんのお前。気を確かに持て。雑用三昧《ざんまい》で頭おかしくなったのか」

「オレはずっと前から」

「頭おかしかったけどさ。ショーをちょちょっとやって、後はぷらぷらしてたほうがずっと楽じゃん、それで万年雑用係より給料マシなんだぜ」

拓真は鈴木ごと一輪車をひっくり返してやった。

「この野郎、この夢のない腐ったみかん野郎が、死ねっ」

空っぽになった一輪車で鈴木を追い回した。

「拓真、お前いっぺん池に落ちろ、頭冷やせっ」

「オレはもう落ちてんだよ！　ご親切なことにオールも食らったわっ」

鈴木がわははと空を仰いで笑って、ベンチを軽々と飛び越えた。一輪車はそのままベンチに激突し、拓真は前方に吹っ飛んでベンチを飛び越え、裏に落ちた。

「ジェットファイターの試乗、頼んだぞ〜」

鈴木の足音が遠ざかっていく。入れ違いにたくさんの無邪気な笑い声が耳に入ってきた。

顔を上げると、広く拓真を囲んだ子供たちが手を叩いたり指差したりして陽気に笑っている。大勢の子供の笑顔を間近にしたのは久しぶりだった。

影が拓真の足元から忍び寄った。

「何やってんだよまったく」

「つばさチャン……」

両手に、拾い集めたゴミ袋を提げたつばさが、呆れ顔で覗き込んでいた。子供たちを振り返る。

「ああ……ああいう顔、以前のショーではよく見せてくれてたね」


ジェットファイターに乗ってぐるぐる回りながら上下に揺られている拓真の耳に、ショーの音楽が聞こえてきた。

気分が悪くなってくる。

と、尻ポケットの携帯が震えた。

開いてディスプレイを見た拓真は目を見開いた。

メールが届いている、サトミから。

一瞬混乱したが、すぐに理解した。

昌からなのだ。

メールを開いた。

『トイレ』

「はあああ？」

ぐるぐる回り上下しながら、何言ってんだこいつは、何の報告？　サトミは金額しか書いてこなかったが、その娘は「トイレ」って……。ちょっとこれ意味わかんないんだけど。なんだってオレにそんなことを報告してくるんだ。

拓真は携帯から顔を上げ、辺りを見渡した。

機体がぐう～っと下がる。

そして再びぐう～っと上がったとき、トイレの陰に人影を見た。

そして、浮き上がったとき、向こうのトイレの陰に人だかりが見えた。

拓真は安全ベルトをしたまま腰を浮かし、伸び上がってよく見た。

顔色がさぁっと退いていく。

「下ろせぇぇぇ」

拓真はもぎりの小屋に手を振った。操縦中の係員は携帯電話で話しながらハンバーガーを食べて笑っている。まったく拓真に気づいていない。

「くそっ」

拓真はベルトを解いて、機体が下り始めるとタイミングを計って、最下点で飛び降りた。

左膝にバチン、と弾けるような強い衝撃が走り、焼け火箸で突き刺されたような痛みが突き抜けた。

ゾッとするのと、カッと血が沸くのが同時だった。

終わった、と思った。

墨のように黒い闇に放り出された恐怖だった。

だが、のんびりと絶望に浸っている暇はない。

柵をまたぎ越し、尻餅をついた。モギリ小屋の前をほとんど足を引きずるようにして横切り、トイレ裏へ向かう。暑さと痛みでクラクラしてくる。

トイレの傍まで来ると声が聞こえてきた。

——金持ってんだろ、出せよ。

——後輩の物は先輩の物って世の中決まってるの知ってるでしょ。寄越せっつってんの。

小銭が散らばる音が聞こえる。

——なんだよこれ。うわ、サンドイッチ、ダッセー。つかウゼェ。

「やめろ！　返せ！」

昌の声が聞こえた。悲鳴だった。

地面に倒れ込む音。子供の泣き声も聞こえる。痛いよー、やめてよー。

拓真は後頭部の髪の毛が逆立つのを覚えた。

「ウラア!」

前のめりになってトイレ裏に飛び出した。中学生らしい少年三人が振り向いて、ギョッとした顔をした。彼らの向こうに順と渉と俊哉が座り込んだりうずくまったりして泣いており、昌はその傍で足を踏ん張って立っている。地面にはサンドイッチが散らばっていた。ジャムがべったりとなすりつけられている。

「おじさん!」

順たちが涙の溜まった目を見開いた。

昌が今にも泣き出しそうな顔を向けた。

「な、なんだよおっさん」

中学生たちが身構える。

「なんだツミは、ってが。そンですワダスィが」

拓真はヒーローの決めポーズをなぞった。体の前で腕を素早く交差させ、斜めに立ち位置を変えると同時に歌舞伎の見得を切るように深く呼吸をして、ゆっくりと大きい動作で胸の前に両手刀を止めた。

完璧だった。

「ヒーローです！」

中学生たちは目の下の筋肉をひくつかせた。

「キモッ、何こいつ」

「うぜぇよ、やっちゃえこんなやつ」

「何がヒーローだ！」

三人が飛びかかってきた。パンチを右腕で受け止める。左脇腹を蹴ろうとした足を左手で払った。勢い余って中学生たちはぶつかり合った。背後からの拳もこれまで目を閉じてスーツアクターを演じてきた拓真にはお見通しだ。頭を低くして肩越しに拳をつかんで軽く下ろすと、自ら拓真を飛び越えて、前方の二人に飛んで行ってくれた。

彼らの動きはスローモーションにしか見えないのだ。

順たちが駆け出して行った。

懲りずに繰り出してくる蹴りを避けようとしたとき、昌が「やめろぉ！」と叫んで中学生の一人に飛びかかって行くのが見えた。

「昌！」

視界の端からパンチが飛んでくる。避けようと体を捻った。膝がガクンと落ちた。顔面に衝撃を食らって景色が反転した。鼻血が噴き出した。昌の金切声が拓真を呼んだ。

少しすると、「何やってんだお前らぁぁ」という怒号とともにジェットファイターの係員が、順たちに伴われて駆けつけてきた。

中学生たちはつんのめるようにして逃げ出していった。

「拓真、大丈夫か、今救急車呼ぶからな」

係員の口の端にケチャップがのっぺりとついていて、それを見た拓真は鼻血を垂れ流しながら笑った。


「だいたい、あんなクソ重たい靴なんて履いてるからっ」

膝前十字靱帯再建の手術を終え、ベッドにいる拓真を、つばさは容赦なく叱り付けた。

「亀仙人がおっしゃるから」

拓真が反論すると、バカじゃないの、と斬って捨てられた。そんなつばさは、サトミと似ていた。

昌は一人で家にいるという。つばさが「うちへおいでよ」と誘ったが、昌は断った。

「心配だから毎日様子見に行ってるんだけど」

つばさが眉を八の字にして昌を見下ろす。昌はつばさと目を見合わせると、拓真に向き直った。

「関丘のおばちゃんと、耳毛……田畑じいちゃんも来るよ。おかずとか野菜を持ってきてくれる。『大丈夫か?』って『困ってないか?』って」

昌はちょっとうるさいくらいなんだ、と頬を上げた。


二日目からリハビリが始まった。

「だっから、拓真くんね、駄目だって言ってあったでしょう。やっぱりブツン、したじゃないの。痛かったでしょう」

鈴木ドクターはリハビリルームで拓真の隣を歩きながら腹の見えない柔和な笑みを浮かべていた。相変わらず面白がっている。

「普通の生活の中で走ったり正座したり程度なら支障ないけどもね、ああいったことは普通の生活なんですよ、あれが」

「どこが普通なんですか。二メートルの高さの動いているとっから落ちるのを世間一般では普通の生活とは言わないんですよ」

拓真はスウェットパンツを気持ち、上げた。昌が持ってきたパンツは、ゴムが入れ替えられていた。

「卓ちゃんもそれでスーツアクター辞めざるを得なかったんだから」

卓司は元スタント兼スーツアクターだった。普段は悪役だったのに、その日は、休んでしまったヒーローの代わりに出演したのだ。初めてのヒーロー役だった。トランポリンから跳ねて、怪獣の頭の上で一回転し、その向こうに着地するという演技をした。着地したとき、靭帯を断裂した。切れたときの音は、卓司曰《いわ》く、「いつまでも耳に残ってる」。

絶望の音だったという。

「これからどうするんです？」

「どうしましょっかねえ」

リハビリルームの中を松葉杖を突きながら行ったり来たりする。

のんびりとした口調の裏に、じりじりとした焦りがあった。

「で。君はどれぐらい歩いているのでしょう」

「え？」

拓真は壁の時計を見上げた。五時を回っている。昼飯を食べて以降、ずっと歩きっぱなしだった。

「一時間くらいっすかね」

「嘘をつきなさんな」

無理するとろくなことになりませんよ、と鈴木ドクターはやんわり釘を刺し、「ああ、これお見舞いの品」とポケットからカロリーメイトを出して拓真の手に握らせた。

「無理するなと言っといて、カロリーメイトすか、先生」

「リハビリのアドバイスくらいはできますから、なんかあったら遠慮なくおいでなさい」

ドクターは拓真の汗ばんだ背中を軽く叩いて帰って行った。退院してももう、アクションの世界に戻るのは絶望的だとして、労っている雰囲気を感じた。

カロリーメイトは食べかけで、拓真を笑わせた。

松葉杖を握り直して、一歩一歩進む。

絶対回復してみせる。

もう一度舞台に立つ。

汗が床に音を立てて落ちる。

ずるりと手が滑った。

あっ、と声を残して、拓真はうつぶせに転んでいた。

松葉杖を手繰《たぐ》り寄せて立ち上がる。

もう何度転んだか知れない。転ぼうとして転ぶショーのときならいざ知らず、意図せずに転んだときその一発目はショックだったし恥ずかしかったが、なに、自転車のときだってそうだったじゃねえか。転んで転んで、そのうち転ぶのなんてなんとも思わなくなる。どーよ父ちゃん、今のオレの転びっぷりは。

順、渉、俊哉は親に連れられて、園長やキルユーメンバーも見舞いに来た。ありがたい一方、そのたびにリハビリが中断されるのが、正直煩《わずら》わしかった。一刻も早く元通りになりたいのだ。

四日目での退院となった。通院はせねばならないが、病院にいるよりはずっと自由だ。

昌とつばさが迎えに来て退院したその日のうちに町内を歩いた。

つばさが、心配してついてこようとするのを、拓真は一人で歩くと断った。

絶対回復してみせる。

また舞台に立つ。

頭の中はその二つしかなかった。吐き気がするほどその二つの言葉をぐるぐると繰り返して町内を歩き続けた。

スーパーに差し掛かったとき、何もないところで左足が引っかかり転倒した。

買い物を終えたおばちゃんが、後ろ襟を引っ張って起こしてくれた。

——ちょっとちょっと、大丈夫だの？　あれっ。まぁたあんだなのぉ！　何やってらの。昼間っから、いい若いモンが飲んだぐれでちゃ駄目だって言ったでねえの、んもお、ほんっとしっかりしねが。あーあー、擦り剥いでら、ばい菌が入ったらその綺麗だお面が台無しさなるべなっ。ほらほら――。

おばちゃんはポケットからハンドタオルを取り出すと、拓真の頬骨をぐいぐい拭う。

「いだだだっ」

――ほれ、おどなしぐせっ――。

ほっぺたを肉厚の片手でむんずと挟まれ、大根をおろすかのように根性の入った力で拭われる。

その後おばちゃんはバッグをかき回して、綿埃や糸くずがくっついた絆創膏を探り当てて擦り傷の上に貼った。

――あれだよあんた、自棄《やけ》を起こしちゃなんねよ。そのうぢいい事ぁ必ずあるんだすけ。「幸福は不幸の後ろで順番待ぢしてる」ってどっかの偉い人が言ったどが言わねがったどが。一人で帰れる？　ああそう。それだばいい――。

おばちゃんは会心の笑みを浮かべて立ち上がり、ショルダーバッグを肩に掛け、買い物袋を両手に提げて立ち去った。

拓真は呆然とへたり込んでいた。

店員が窓越しにレジからこっちを眺めているのに気づいた。目が合ったが、お互い挨拶は交わさなかった。

何時間歩いていたのだろう、玄関を開けると炒めタマネギとケチャップの香りが漂っていた。台所からつばさが顔を出した。

「おっかえりー、晩ご飯ハヤシライスだよー……って何その絆創膏」

綿埃と糸くずまみれの絆創膏を貼り付けた拓真を見て、唖然とした。

「転んだんだよ」

「転んだ？　だからあたしがついて行くって言ったのに。つか転んで綿埃と糸くずまみれの絆創膏？」

答えるのが面倒くさい上に、どういう訳か待たれていたことにいらいらが募る。昌はどこだろう。気にはなったが探すほどのことでもないような気がした。

「風呂入ってくる」

シャワーを浴びれば気分も変わるかと思ったが、浴びている最中ずっと、回復できるのか、仕事は続けられるのか、何よりヒーローになれるのかという焦りと不安が渦巻き、上がる頃には消えるどころか肥大してしまっていた。

起こりもしない問題は考えないって言っといて、なんだよこの様は。なんとかなる、大丈夫だって、なんで今、自分に言えねぇんだよ、ちくしょう。

ウーロン茶を飲もうと台所に入ると、炊飯器からは湯気が上がり、ガスの鍋からはハヤシライスの香りが溢れていた。トマトジャムを入れたんだ、とつばさが手柄を披露するように言うのにも無反応の拓真は、板戸が半分開いた厨房に意識を奪われていた。

明かりが灯っている。

拓真の鼓動が大きく拍動した。

前のめりになって飛び込むと、昌がガスに鍋をかけて掻き回しているところだった。

「何してる！」

拓真は声を荒げた。

拓真から怒鳴られたことなどなかった昌は、動転して声も出せず目を見開いて固まっている。木ベラの先から藍色の液体が滴り落ちた。

厨房に漂う香りは、黒スグリだった。

「勝手に入って何やってるんだ！」

頭に血が上った。手入れをして、大事にしてきた厨房だった。それが。

奪われた——。

「出て行け！」

手を大きく振った。それだけで軸足がぶれて、上体が揺れた。怒りに屈辱感が追い討ちを掛けた。

昌の目にあっという間に涙が盛り上がってきた。木ベラを鍋に放り込むと、拓真の脇をすり抜けて厨房から駆け出て行った。

玄関の引き戸が投げやりに開閉した後、家の中は寒気がするほど静まり返った。

やっちゃったねえ、という鈴木ドクターの声が聞こえた。拓真はうつむいて、額を押さえた。

無性に腹が立ってきた。

ガンッ。

調理台の扉を右足で蹴った。左足が軸として機能せず、尻餅をついた。蹴った隣の扉が開いた。

つばさが駆けよって助け起こそうとした手を、うつむいたまま払った。

つばさが息を飲んだのがわかった。

「ちょっとさあ、ほっといてくんない？」

自分でもはっきりとわかるほど、刺々《とげとげ》しく冷たい口調だった。

つばさはすっと立ち上がった。

昌ちゃん探してくる、と台所から出ると、振り返った。

「疲れてんだよ、あんた。ずっと走ってきたから、疲れてるんだ」
つばさの声に痛々しさが滲み、いっそう拓真を惨めにさせる。
「歩いてました」
拓真が訂正する。
「いいえ走ってました」
足音が遠ざかり、玄関の戸が開閉した。
ジャムの煮える音だけがフツフツと聞こえていた。
ジャムはいつだって機嫌がいい――。
トシ子の声も聞こえた。
開いた扉から、おひさま色のホーロー鍋が覗いていた。
誰もいなくなった厨房にいるうちに、沸騰していた気持ちが鎮まってきた。
手を伸ばしてガスを止めた。
ジャムの声が途切れた。
途切れる瞬間の音が、耳に何度も響く。
膝が壊れたときの音。
「出て行け！」という自分の声。

耳に入ってきたものは、途切れてしまっても止まないものだ、と知った。

拓真は足を投げ出して、ホーロー鍋を見つめた。一日でも掃除しないと土埃が覆うはずの厨房は、ピカピカだった。

走ってきたのだろうか。

ずっと、走ってきたのだろうか。

ジャム作りが上手でやー。

酒焼けのしゃがれた声が耳の奥で聞こえた。今度は誰だ、と拓真は悪態を吐いた。

――ほがの料理はからっきしだったけど、サトミちゃんのジャムはクラッカーさのっけだり、お酒と合わせるどほんとに評判いがったんだよー。なんだったたっけ、なんが言ってだったねえ。そうそう、いずれはジャム――。

キャバクラの店長か。あの後、何て言った？

――いずれはジャムの店を出したいどが、お客相手に言ってたっけ。売れ残りのドライマンゴーだの、フルーツ持って帰ってさ、ジャム作ってるんだと。あんだんどご、ジャム屋だったんだって――？

忘れてた。そんなこと言ってた。

だからサトミは勉強のために農産物加工場に就職したのだろう。なのにどこをどう間違ったのかキャバクラでお酌をしていた。何があったのかもう問い質すことはできない。二度とできない。

けれども。

サトミは語っていた。

サトミの夢も、サトミのジャムの味も、兄ちゃん、忘れてた――。

拓真は立ち上がり、玄関へ向かった。

柱の影からはみ出している小さな姿が、すりガラス越しに見える。

戸を引いた。

昌が背を向けてうつむいていた。アッシュグレーのTシャツの襟ぐりがくたくたになっている。

「ごめん、昌」

拓真は深く頭を下げた。

「出て行けなんて言って、すまなかった」

厨房から出て行け、という意味ではあったが、昌にはそんなことは関係ないのだ。

昌からの返事はない。目の前に、小さな手に握り締められた赤い携帯があった。

「ずっとここにいたのか?」

頭を下げたまま尋ねた。昌が首を振ったのがわかった。

「田畑のじいさんの畑まで行って戻ってきた」

すぐそこだ。

「行くとこなんてないっ」

振り向きざま、昌は怒鳴った。仁王立ちで目の縁を爛れさせ、荒い呼吸を繰り返す。

「ごめんなさい。僕のせいで拓真がけがしちゃった。ごめんなさいごめんなさい」

色褪せた唇をぶるぶる震わせ、淡彩色の顔をうつむけた。

こいつはずっと自分を責めていたのか。

自責の念に帰することが癖になっているんだ。

「お前のせいじゃねえよ、絶対」

昌の鼻の穴は開いたり閉じたりする。

「僕、ここにいていいのか？」

赤い携帯を強く握る昌の声は、震えていて寄る辺ない。拓真は下唇を噛み締めた。

「当たり前だ、お前の家だ」

拓真はプリン頭にどすっ、と手のひらを置いた。

昌の喉から金属がこすれ合うような声が漏れたと思ったら、天を向いて吼えた。

わあああああ、と喉が裂けんばかりに全力で泣く。

昌が拓真の前でこんなふうに泣いたのは、サトミの死から、これが初めてのことだった。


二人は厨房に入り、中途半端のままになっていたジャムを煮始めた。

「ここ、きれいにしてくれて、ありがとな」

「拓真のためにきれいにしてたんじゃない」

鍋を覗き込む昌の赤くなった目はひたむきだった。

「僕の店にするんだから」

拓真は唇の端を持ち上げた。昌がそんな拓真を一瞥する。

「……病院でリハビリしてたとき、怖い顔してたよ」

ぽつりと指摘され、拓真はぎくりとした。昌の横顔はひっそりとしていた。子供ってのは本当によく見ている。

焦ってるのは自覚している。

「焦んなくてもいいんだよ。少しずつゆっくりやれば、いずれ出来上がるんだから」

拓真ははっと顔を上げた。

昌がガスの火を弱め、あどけなく拓真を見上げた。

今のは昌が言ったのだろうか。

「サトミがよく、言ってた」

昌が微笑んだ。まさにそれは安息の笑みだった。

「いやあ、オレちょっと絶望しちゃっててね、ごめんねほんと、昌チャンに当たっちゃって、大人げないよね」

アハハン、と茶化すと、昌は拓真の脇腹に鉄拳を振るった。

「ぐふぅ……何す」

「お前まだ三十歳だろ。人間やって三十年だろ。絶望なんかする必要はない諦めんなよ」

昌は怒った顔をしていた。

拓真は体を折って脇腹を押さえ、昌をまじまじと見上げた。

ほんとに子供は何でもかんでも覚えているものだ。

「二十七歳、なんですけど……」

昌は鍋に向き直った。無視された。

しばらくして、つばさが駆け戻ってきた。

「あっ、昌ちゃん、帰ってたんだね。ああ〜よかった」

つばさは胸をなで下ろすと拓真にキッと向き直った。拓真は顔をひきつらせ後ずさった。

「だから言ったでしょ！　もっと優しくできないのって！」

つばさの回し蹴りが飛んできた。


朝と晩に町内を一周することは続けていた。一人きりで。昌はついてこさせなかった。

膝がカクンとずれる気配がすると、ぞっとしたが、徐々にコツもつかめてきて軽く走れるようになってきた。坂や階段のあるコースを取り入れた。手すりにつかまるのは屈辱的なので、絶対に手をのせることはなかった。疲れれば右膝に手を突いて呼吸を整えた。上りは平気だったが、下りが依然として不安定なまま。うっかりすると転げ落ちそうになり、何度となくひやりとした。

それでも前日より、続けて一段多く下りられるようになってきた。

絶対回復してみせる。

舞台に戻る。

絶望なんかする必要はない。

昨夜からの虫がまだ鳴いている。もうすぐ九月。朝晩、早々と秋の虫が鳴くようになっていた。

朝焼けの町をゆっくりと走り、下り階段に差し掛かった。いつもここは緊張する。膝に触れた。汗が滴り落ちた。行くぞ、と気合いを込めて一歩踏み出したとき、階段の下でこっちを見上げている誰かに気がついた。

「昌……」

足を肩幅に開いて立つ昌はただ黙って見上げている。清々しい真っ直ぐな目で。

りーりーりーと侘びしげな鳴き声が徐々に小さくなっていく。

輝くたっぷりとした朝日が山際から上ってくる。

「ワンツーパンツ〜ってかあ」

拓真は陽気に歌いながら下り始めた。

「パンチだろぉ！」

昌のツッコみが冴《さ》え渡った。


昌はおんぶをねだることもなく、荒い息を吐きながらも懸命についてくる。スーパーに差し掛かると「紅白帽のゴムが伸びていた」と言った。

「こーはくぼー？　体育で被るあれか」

拓真は肩越しに確認した。二学期から学校へ行くつもりらしい。

自動ドアを潜ると、店員の張りのある声に迎えられた。

「つしゃーせー」

店員が替わったのかと思ったが、いつもの店員だった。表情が瑞々しい。

「あれ、万馬券当てた？」

どうせ答えてはくれまいと見積もりつつ軽く聞いてみた。

「違いますよ。お客さん、いつもトレーニングしてるじゃないすか。足、けがしたんでしょ」

この町は狭い。

「お客さん見てたらさ、オレもなんかやる気出てきちゃって」

彼は照れくさそうに歯を見せた。

「ここ継ごうと決めたんすよ。片田舎のスーパーなんてって、バカにしてたけど、社長目指して気持ち入れ替えていこうかなって。親父もおふくろも諸手《もろて》を挙げて喜んでます」

「親孝行は生きてるうちしかできねえ特権だからな」

店員はゴムや飲み物をスキャンしながら、レジ傍の農家コーナーに山積みされた早生《わせ》リンゴを見ている昌に「おはよう」と声を掛けた。昌が振り返って「おはよう」と返した。

「リンゴ食べたいの？　いいよ、おごる」

「本当？」「本当?」

昌ばかりか、拓真まで声を上げた。店員は拓真に冷ややかな目を向け、昌に向き直る。

「この前、ジャムくれたから。そのお礼だよ」

昌は「ありがとうございます」と丁寧に頭を下げ、付け加えた。

「社長、果風堂のジャムも置いてください。よろしくお願いします」

話を聞いていたようだ、抜かりなく営業する。

店を出て走りながらレジ袋を握り締めた昌に声を掛ける。

「ジャムあげたのか」

「うん」

「わらしべ長者に味を占めたか」

「ワラジムシ長介?」

「誰だ」

「店の宣伝だよ。マネジメント」

「お前よくそんなの知ってるなあ。わらしべ長者は知らないくせに」

「言ったでしょ、僕はジャム屋になるんだって。そのための投資だよ」

拓真が稼いだ外貨を元手に、材料を買って二人でジャムを作って、僕が広報・販売・営業をするんだ。子供のほうが大人は買ってくれるから。

滔々《とうとう》と語る。

「お前本当に小二か？　おっそろしいガキだな」

昌が遅れ始めた。拓真は立ち止まって昌を待った。昌は体を捩《ね》じるようにしてやっと傍へやってきた。

「乗れ」

拓真は昌に背を向けてしゃがんだ。

昌の苦しげな呼吸だけが聞こえる。

「乗れ」

「でも」

昌が自分を心配しているのがわかる。

「大丈夫だ」

「……」

「お前、ヒーローをなめんなよ」

昌がもたれかかった。ぐっと立ち上がる。

「重たくなったなあ」

トシ子のあのときの気持ちが何となくわかる。背中にかかるその重さが嬉しい。家に来たばかりのときに肩車をしたものだが、あの危ういほどの軽さを思えば感慨深くなる。

「順君たちがね、拓真のこと、ヒーローだって言ってたよ」

昌の鼻息が髪にかかった。

「僕ね、拓真が正義の味方と戦ってるのを見たい」

拓真はくしゃみをするように笑った。

「見せてやるよ」

膝は、意識に上らなかった。


二ヶ月の自宅療養期間が終わり、遊園地に戻って一週間が経った。

ゴーカートを洗っている拓真の耳に、ショーの音楽と子供たちの熱のこもった応援が届く。

地球をのっとろうとやってきたキルユーは三人。一人はインフルエンザに罹《かか》ったので、惑星で休んでいるという設定だ。毎回、ファッキューが「うがい手洗いでウイルスなんてやっつけちゃえ！」と決めポーズをちびっ子たちと演《や》ってショーは終了する。

一週間前のことだった。

新しい悪役を雇い入れることはないと園長は事務所で断言した。園長の机の前にキルユーの三人と、つばさが立ち、拓真は机から離れたイスに腰掛けて、座面の穴からウレタンを引っ張り出していた。

戻って来い、それまで子供らのモチベーションを落とさないようにしててやるからと口を揃えたキルユーに対して、つばさは食って掛かった。無理させたら今度こそ歩けなくなる、と。

狭いプレハブの中で、キルユーとファッキューの議論は紛糾した。園長は果敢にもなだめようとして戦渦に飛び込み弾き飛ばされ、泣きべそをかいた。

「オレは拓真を信じる、こいつは必ず戻ってくる」

鈴木が請け合った。

「今までだってそうだったんだ」

他人事《ひとごと》のように傍観していた拓真を振り返った。拓真は鈴木と目を合わせ、それからみんなを見回した。

みんなの視線が自分に集まっている。

拓真はウレタンを押し込んだ。なんでみんなが争っているのかてんでわからないというほとんど素っ頓狂な顔で、首をひょいとすくめてみせると、あっさり断言した。

「大丈夫だよ、問題ないさ」

エンチョーはオレのことを辞めさせたかったんじゃなかったのかと疑う拓真に、鈴木が話すには、この二ヶ月の間に、小さな男の子や学生風の女の子らから、いつも池の掃除をしたり、ゴミを片付けている男の姿が見えないようだが、どうしたのかと多くの問い合わせがきたのだという。よくよく聞けば、彼らはボートに落ちたのを助けてもらっただとか、具合が悪かったのを助けてくれただとか、肩車をしてくれただとかで、拓真のひそかなファンであることが判明した。それを受けて、園長は「まだ潜在的ファンがいるはずだ」として、すぐに「幸福の王子復活！」とツイートしたそうだ。ツイートしちゃったからには帰ってきてもらわねばなるまい。ということらしかった。

「ひそかなファンってなんだよ、おおっぴらにファンになれよ」

拓真はぼやいた。

＊＊＊＊＊＊

昌を学校へ送り出すと、拓真は緑のホーロー鍋に、昌が今朝採った黒スグリを入れ、潰した。砂糖をまぶし、脇に置いておく。あれから一年が経った。

次いで流しの下からクリームイエローのホーロー鍋を取り出した。ずしりとくる重さが頼もしい。蓋を取って中を検《あらた》めた。内側に小さな傷がクモの巣のように張り巡らされている。昨夜、下準備をしておいた黒スグリを鍋に空ける。ちょうど六分目だ。初めの頃は空白が落ち着かなかった。薄ら寒い恐怖すら感じた。だから目いっぱい入れてしまい、失敗した。六分目がベストなのだと学んだ。

とろ火で煮詰めていく。

鍋に意識が吸い寄せられる。

アクをすくい、焦げ付かないよう木ベラで底から返す。鍋肌もこそげるように木ベラを差し込み、手首を回転させてジャムと鍋を剥がす。

ジャムを煮始めると、時間の流れが川の瀞場《とろば》のように緩やかに変わった。

鈴木ドクターの渋々ながらの許可が下りた。

ま。やれるだろ。

オレの中にヒーローはいる。

大丈夫だ、問題ない。

明日、舞台に戻る。

髙森美由紀(Miyuki Takamori)

1980年生。青森県出身、在住。派遣社員。

著作に『いっしょにアンベ！』(第15回ちゅうでん児童文学賞大賞受賞、第44回児童文芸新人賞受賞/フレーベル館・刊)『ジャパン・ディグニティ』(第1回暮らしの小説大賞受賞/産業編集センター・刊)がある。

おひさまジャム果風堂《かふうどう》

2015年8月14日　第一刷発行

著者　髙森美由紀

装画　深町なか
装幀　カマベヨシヒコ(ZEN)

発行　株式会社産業編集センター
〒112-0011東京都文京区千石4-39-17

印刷・製本　大日本印刷株式会社

ISBN978-4-86311-120-2　C0093